한류에 퐁당

跟著
阿卡老師

瘋韓流

追韓劇、看韓綜，**輕鬆學韓語**

除了「安妞」、「莎郎嘿」、「砍三哈咪答」……
你可以懂更多！讓眾韓星陪你一起用最生動的方式學韓語。

1 偶像陪讀＋傳神解説及插圖，學習更生動

書中大量選用重要韓流元素，包括：戲劇、綜藝、偶像神曲、最新流行語等等熟悉及出現率極高的字詞、話題，學會一定用得上。每一個單元都有傳神的解説及插圖，一看立即畫面浮現，不僅學習興致高昂，讀起來更加生動有趣。

> 3. 라면 먹고 갈래？ 要不要吃個泡麵後再回家？
>
> 唸法 ra-myeon meok-go gal-lae
>
> 你知道嗎？
>
> 在韓劇「김비서가 왜 그럴까《金秘書為何那樣》」裡，金微笑（김미소）邀請李英俊（이영준）來她的家吃泡麵，但為什麼一定要是泡麵呢？當一個人想要邀請對方來家裡或者捨不得分開，可是又不知道該找什麼理由的時候，就會以「吃泡麵」為藉口。

2 200 句常用韓語＋流行句，數倍量擴充字詞

每一字詞你在韓流裡一定都聽過，但常常中譯看得你一頭霧水！？阿卡老師清楚説明在韓流裡的使用時機、方式，正確地表達涵義，更適時的延伸擴充其他相關單字、慣用語及常用句的學習，以自然的數倍量讓你學更多、學更好！

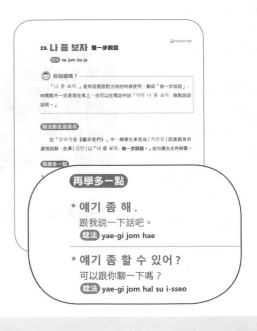

> 29. 나 좀 보자 借一步説話
>
> 唸法 na jom bo-ja
>
> 你知道嗎？
>
> 「나 좀 보자」是有話要跟對方説的時候使用，翻成「借一步説話」，時間點不一定是現在馬上，也可以在電話中説「이따 나 좀 보자. 晚點説説話吧。」
>
> 韓流都是這樣用
>
> 在《상속자들《繼承者們》》中，轉學生車恩尚（차은상）因貧窮身份處境困難，金燦（김탄）以「나 좀 보자. 借一步説話」這句讓女主角解圍。
>
> 再學多一點
>
> ### 再學多一點
>
> * 얘기 좀 해.
> 跟我説一下話吧。
> 唸法 yae-gi jom hae
>
> * 얘기 좀 할 수 있어？
> 可以跟你聊一下嗎？
> 唸法 yae-gi jom hal su i-sseo

3 「詞彙＋發音＋文化典故＋文法」，擴散式學習更完整

每一個你必需要學會的字詞，都用羅馬拼音清楚標示；另外，字詞的演化來源、典故、文化、暗喻甚至文法亦能一併吸收學習，藉此多面向的擴散式學習，韓語學習更有效率！

술 마셨지？

唸法 sul ma-syeot-ji

韓流都是這樣用

在《도깨비 《鬼怪》》中，金信（김신）前一天與池恩倬（지은탁）的會太開心。在深秋、一夜之間，各地發生了氣候異常、開花事件。在隔天劉德華（유덕華）拿著各種疑問金信的晚是否發生好事。並且說「술은 술 마셨지？」緊繁，你喝過了吧？」接著再看《상속자들 《繼承者們》》裡的應用：金潭的生母與崔集團會長（金澤父親）提分手「헤어지요，我們分手吧？」會長驚訝的問「술 마셨어？喝過了嗎？」

我們可以把這兩個單字學起來：「마셔 攝酒」、「숙취 宿醉」。

你可能不知道

是否有聽過「해장국 醒酒湯」這一道料理呢？醒酒湯字面上的意思為解腸湯，是韓國人喝完酒後隔天會喝的湯。醒酒湯的種類多樣，可能會是豆芽湯、牛血湯，也有可能會是其他的湯。來介紹幾樣較普遍的醒酒湯的韓文名稱：

1. 선지해장국（牛血湯）：加入牛血、豆芽菜、大醬煮的湯。
2. 우거지해장국（菜幫子湯）：使用牛骨、菜幫子熬煮的湯。
3. 뼈다귀해장국（豬骨湯）：使用豬骨熬煮的湯底，再加入排骨的湯。

你可能不知道

是否有聽過「해장국 醒酒湯」這一道料理呢？醒酒湯字面上的意思為解腸湯，是韓國人喝完酒後隔天會喝的湯。醒酒湯的種類多樣，可能會是豆芽湯、牛血湯，也有可能會是其他的湯。來介紹幾樣較普遍的醒酒湯的韓文名稱：

1. 선지해장국（牛血湯）：加入牛血、豆芽菜、大醬煮的湯。
2. 우거지해장국（菜幫子湯）：使用牛骨、菜幫子熬煮的湯。
3. 뼈다귀해장국（豬骨湯）：使用豬骨熬煮的湯底，再加入排骨的湯。

---

4 原汁原味韓流例句＋韓師親錄音檔，記憶更深刻

全書引用大量的韓流片段內容，清楚解說，不怕沒有看過的節目出現在書裡。經典的臺詞、對話、金句，擬真情境，在畫面浮現的同時，文字自然流洩而出，無形中加深記憶。另外，韓籍老師親自錄製音檔，示範最道地的韓語發音和語調，隨時都能沉浸在韓語學習情境裡。

TRACK 106

106. 잘 생각하세요

唸法 jal saeng-ga-ka-si-jyo

你可能不知道

「잘 생각하다（原形）」為「仔細思考」的意思。和韓國人組成的時候會聽到它的過去式「잘 생각했어」意思是「想得好」。那麼這句「잘 생각했어」跟「想得好」例如，身邊有個想不開的朋友某天一天突然清醒了，這時候我們對他說「잘 생각했어」，或者對方告訴我們內心的覺悟、想法，我們只是想要讓對我們的時候也會說「잘 생각했어」。

韓流都是這樣用

「호텔 델루나《德魯納酒店》」中張滿月（장만월）與客人的對話：

張滿月：참 안됐군요.
真是可憐。
唸法 cham an-dwaet-gun-yo

客人：이대로 떠날 수 없습니다.
我不能這樣就離開。
唸法 i-dae-ro tteo-nal su eop-seum-ni-da

張滿月：이미 끝난 생에 원한을 갚다가
為了結束的一生而復仇，
唸法 i-mi kkeun-nan saeng-e won-ha-neul gap-da-ga

개, 돼지로 환생하실 수 있습니다.
可能會往生為「豬、狗。
唸法 gae dwae-ji-ro hwan-saeng-ha-sill su is-seum-ni-da

作者序
머리말

原來這句韓文是這樣使用的！

　　跟著阿卡老師通過最人氣的韓國電視劇、綜藝節目、偶像神曲，學習常出現、常聽到的生活口語韓文，以此提高韓文實力與興趣。

　　韓流占據了不少臺灣人生活中的一部分。很多時候，看了中文翻譯，還是不了解韓國人為什麼要這麼說？不懂它到底有什麼好笑的？那是因為缺少對韓國文化的理解！這本書將帶領讀者了解韓國的文化，並且讓讀者了解句子的應用方法，提升瘋韓流的樂趣。

　　內容來源不僅包含韓劇，還有韓綜、韓文歌詞、韓國藝人的採訪句，透過多方面的角度學到最道地的韓文，並且探索句子的意義。特別地是，說明句子時，會講解節目大致上的內容，不怕沒有看過的節目出現在書裡；另外，每個標題與補充句子的羅馬拼音，也讓對發音不熟悉、零基礎的讀者能夠輕鬆掌握每句韓文的發音，即使不懂韓文也不用擔心喔！

　　這本學習書的適合對象，包括：

　　1. 想要透過生動的方法快速提升韓語能力的人。

　　2. 想要使用道地生活化的韓文句子表達的人。

　　3. 時常看韓國節目，卻沒時間學韓文的人。

　　現在，就跟著我們用愉快的心情，輕鬆跨入韓流的世界吧！

　　卡加（Let's go）～

目次
목차

Part 1. 經典 200 句常用韓語！

01. 오늘부터 1 일이다　今天開始是我們交往的第一天 ⋯⋯⋯⋯⋯ 014

02. 사과해！　趕快跟我道歉 ⋯⋯⋯⋯⋯⋯⋯⋯⋯⋯⋯⋯⋯ 016

03. 라면 먹고 갈래？　要不要吃個泡麵後再回家？ ⋯⋯⋯⋯⋯ 018

04. 애썼어　辛苦了 ⋯⋯⋯⋯⋯⋯⋯⋯⋯⋯⋯⋯⋯⋯⋯⋯⋯ 020

05. 말 놓을게　我要說半語了 ⋯⋯⋯⋯⋯⋯⋯⋯⋯⋯⋯⋯⋯ 022

06. 하지 말라고　我叫你不要這樣了 ⋯⋯⋯⋯⋯⋯⋯⋯⋯⋯ 023

07. 찌질해　沒出息 ⋯⋯⋯⋯⋯⋯⋯⋯⋯⋯⋯⋯⋯⋯⋯⋯⋯ 024

08. 필름 끊겼어　喝到斷片了 ⋯⋯⋯⋯⋯⋯⋯⋯⋯⋯⋯⋯⋯ 026

09. 넌 빠져　別管了 ⋯⋯⋯⋯⋯⋯⋯⋯⋯⋯⋯⋯⋯⋯⋯⋯⋯ 028

10. 너나 잘하세요　你管好你自己 ⋯⋯⋯⋯⋯⋯⋯⋯⋯⋯⋯ 030

11. 잘 먹고 잘 살아라　祝你吃得好活得好 ⋯⋯⋯⋯⋯⋯⋯⋯ 030

12. 미쳤구나　瘋了 ⋯⋯⋯⋯⋯⋯⋯⋯⋯⋯⋯⋯⋯⋯⋯⋯⋯ 031

13. 이상형이 뭐예요？　你的理想型是什麼？ ⋯⋯⋯⋯⋯⋯⋯ 032

14. 반했어　愛上了 ⋯⋯⋯⋯⋯⋯⋯⋯⋯⋯⋯⋯⋯⋯⋯⋯⋯ 034

15. 너 말 다 했어？　你夠了沒？ ⋯⋯⋯⋯⋯⋯⋯⋯⋯⋯⋯⋯ 036

16. 오늘따라 더 예뻐 보이네　今天看起來特別美 ⋯⋯⋯⋯⋯ 037

17. 얻다 대고 말대꾸야？　你敢頂嘴？ ⋯⋯⋯⋯⋯⋯⋯⋯⋯ 038

18. 아, 뒷골 당겨　我的後腦勺痠痛 ⋯⋯⋯⋯⋯⋯⋯⋯⋯⋯⋯ 039

19. 어디 김 씨예요？　你是哪裡的金氏？ ⋯⋯⋯⋯⋯⋯⋯⋯⋯ 040

20. 족보 꼬인다　族譜會亂掉 ⋯⋯⋯⋯⋯⋯⋯⋯⋯⋯⋯⋯⋯ 041

21. 죽고 싶어 환장했어？　不要命了？ ⋯⋯⋯⋯⋯⋯⋯⋯⋯ 042

22. 독한 년　狠毒的丫頭 ⋯⋯⋯⋯⋯⋯⋯⋯⋯⋯⋯⋯⋯⋯⋯ 043

23. 여우 같은 년　像狐狸般的丫頭 ⋯⋯⋯⋯⋯⋯⋯⋯⋯⋯⋯ 044

24. 죽었다 깨어나도　無論如何 ⋯⋯⋯⋯⋯⋯⋯⋯⋯⋯⋯⋯ 045

25. 보는 눈은 있어 가지고　挺有眼光的 ⋯⋯⋯⋯⋯⋯⋯⋯⋯ 046

26. 사극 대사　古裝劇的臺詞 ⋯⋯⋯⋯⋯⋯⋯⋯⋯⋯⋯⋯⋯ 048

27. 감히 어딜 넘봐？ 敢覬覦誰？ 050

28. 죽여 버릴 거야 我要殺了你 052

29. 나 좀 보자 借一步説話 053

30. 나 쪽팔리게 하지 마 不要讓我丟人現眼 054

31. 싫다니까 我就跟你説不要 055

32. 이거 놔 放開我 056

33. 어쩌겠어 還能怎樣 058

34. 싫으면 말고 不要就算了 060

35. 착각하지 마 別誤會了 061

36. 꿈도 꾸지 마 想都別想 062

37. 꿈이야 생시야？ 這是在做夢嗎？ 063

38. 무슨 꿍꿍이야？ 你在搞什麼鬼？ 064

39. 네가 사람이야？ 你有沒有良心？ 065

40. 가라 去吧、走開 066

41. 둘이 무슨 사이야？ 你們是什麼關係？ 068

42. 용 됐네 出息了 070

43. 말이 되는 소릴 해 説個像樣的話吧 071

44. 됐거든？ 不用了 072

45. 자존심 상해 傷到自尊心了 074

46. 밥이 넘어가냐？ 吃得下飯嗎？ 075

47. 나오지 마 不用送了 076

48. 내가 쏠게 我請客 077

49. 끊을게 我要掛囉 078

50. 한 입만 我要吃一口 080

51. 어제 잘 들어갔어？ 昨天平安到家了嗎？ 081

52. 계세요？ 在嗎？ 082

53. 사람 그렇게 안 봤는데 沒想到你是這種人 083

54. 내가 뭐 어쨌는데？ 我又怎樣？ 084

55. 여기서 이러지 마요 不要在這裡這樣了 085

56. 진심이야 這是真心 085

57. 무슨 짓이야？ 這是在做什麼？ 086

58. 솔직히 老實説 087

59. 개소리하지 마 不要講屁話 088

60. 너 이제 어쩔래？ 你要怎麼辦？ 089

61. 그쪽이나 신경쓰세요　你管好你自己 ⋯⋯⋯⋯⋯⋯⋯⋯⋯⋯⋯⋯ 090

62. 제법이다　還不錯嘛 ⋯⋯⋯⋯⋯⋯⋯⋯⋯⋯⋯⋯⋯⋯⋯⋯⋯⋯ 091

63. 내가 묻고 싶은 말인데　是我要問你的吧 ⋯⋯⋯⋯⋯⋯⋯⋯⋯ 092

64. 똑똑히 들어　你給我聽好 ⋯⋯⋯⋯⋯⋯⋯⋯⋯⋯⋯⋯⋯⋯⋯ 093

65. 나 지금 아무 말도 듣고 싶지 않거든　我現在什麼話都不想聽 ⋯ 094

66. 어떻게 알아요？　怎麼知道？ ⋯⋯⋯⋯⋯⋯⋯⋯⋯⋯⋯⋯⋯ 095

67. 요즘 자주 보네　最近常看到你 ⋯⋯⋯⋯⋯⋯⋯⋯⋯⋯⋯⋯⋯ 096

68. 나 안 보고 싶었어？　沒有想我嗎？ ⋯⋯⋯⋯⋯⋯⋯⋯⋯⋯⋯ 097

69. 그걸 지금 말이라고　你講這個不是屁話嗎？ ⋯⋯⋯⋯⋯⋯⋯ 098

70. 쪽팔려　丟臉 ⋯⋯⋯⋯⋯⋯⋯⋯⋯⋯⋯⋯⋯⋯⋯⋯⋯⋯⋯⋯ 099

71. 듣고 있어？　你有在聽我說嗎？ ⋯⋯⋯⋯⋯⋯⋯⋯⋯⋯⋯⋯ 100

72. 머리부터 발끝까지　從頭到尾 ⋯⋯⋯⋯⋯⋯⋯⋯⋯⋯⋯⋯⋯ 101

73. 사양할게　我拒絕 ⋯⋯⋯⋯⋯⋯⋯⋯⋯⋯⋯⋯⋯⋯⋯⋯⋯⋯ 102

74. 뽑아 주시면 열심히 하겠습니다　只要錄取我，一定會認真的 ⋯ 103

75. 내 마음이야　你管我 ⋯⋯⋯⋯⋯⋯⋯⋯⋯⋯⋯⋯⋯⋯⋯⋯⋯ 104

76. 내가 널 얼마나 믿었는데　我是多麼地相信你 ⋯⋯⋯⋯⋯⋯⋯ 106

77. 나이가 몇 살인데　都幾歲了 ⋯⋯⋯⋯⋯⋯⋯⋯⋯⋯⋯⋯⋯⋯ 107

78. 나 예뻐？　我美嗎？ ⋯⋯⋯⋯⋯⋯⋯⋯⋯⋯⋯⋯⋯⋯⋯⋯⋯ 108

79. 우리 어디서 보지 않았어요？　我們是不是有在哪裡見過？ ⋯⋯ 109

80. 아직 안 끝났어　還沒結束 ⋯⋯⋯⋯⋯⋯⋯⋯⋯⋯⋯⋯⋯⋯⋯ 110

81. 힘내요　加油 ⋯⋯⋯⋯⋯⋯⋯⋯⋯⋯⋯⋯⋯⋯⋯⋯⋯⋯⋯⋯ 111

82. 이 결혼 반대야　我反對這婚事 ⋯⋯⋯⋯⋯⋯⋯⋯⋯⋯⋯⋯⋯ 112

83. 그렇다고 울어？　這樣就哭了？ ⋯⋯⋯⋯⋯⋯⋯⋯⋯⋯⋯⋯ 113

84. 가긴 어딜 가？　走去哪裡？ ⋯⋯⋯⋯⋯⋯⋯⋯⋯⋯⋯⋯⋯⋯ 114

85. 건드리지 마　別碰 ⋯⋯⋯⋯⋯⋯⋯⋯⋯⋯⋯⋯⋯⋯⋯⋯⋯⋯ 116

86. 말해　你說啊 ⋯⋯⋯⋯⋯⋯⋯⋯⋯⋯⋯⋯⋯⋯⋯⋯⋯⋯⋯⋯ 117

87. 정신 똑바로 차려　打醒十二分的精神 ⋯⋯⋯⋯⋯⋯⋯⋯⋯⋯ 118

88. 자주 보자　以後常常交流吧 ⋯⋯⋯⋯⋯⋯⋯⋯⋯⋯⋯⋯⋯⋯ 119

89. 인정머리 없다　沒人情、無情 ⋯⋯⋯⋯⋯⋯⋯⋯⋯⋯⋯⋯⋯ 120

90. 그럴 만한 사정이 있었어　自有一定的原因的 ⋯⋯⋯⋯⋯⋯⋯ 122

91. 말하기 싫으면 하지 마　不想說就別說了 ⋯⋯⋯⋯⋯⋯⋯⋯ 123

92. 예쁜 척하지 마라　別裝漂亮了 ⋯⋯⋯⋯⋯⋯⋯⋯⋯⋯⋯⋯⋯ 124

93. 구질구질하다　沒完沒了 ⋯⋯⋯⋯⋯⋯⋯⋯⋯⋯⋯⋯⋯⋯⋯⋯ 125

94. 널 위해서 하는 말이야　都是為了你好而說的話 ⋯⋯⋯⋯⋯⋯ 126

95. 이유는 묻지 말고　不要問我理由 ⋯⋯⋯⋯⋯⋯⋯⋯⋯ 127

96. 내 연락 받아요　接我的電話 ⋯⋯⋯⋯⋯⋯⋯⋯⋯⋯ 128

97. 너말고　不是説你 ⋯⋯⋯⋯⋯⋯⋯⋯⋯⋯⋯⋯⋯ 129

98. 미안하다고 했잖아　我不是有跟你道歉了嗎 ⋯⋯⋯⋯⋯ 130

99. 거지 같아　很醜陋 ⋯⋯⋯⋯⋯⋯⋯⋯⋯⋯⋯⋯⋯ 131

100. 날 몰라도 너무 모른다　也太不懂我了吧 ⋯⋯⋯⋯⋯⋯ 132

101. 젊은 나이에　年紀輕輕 ⋯⋯⋯⋯⋯⋯⋯⋯⋯⋯⋯ 133

102. 속 좀 그만 썩여　不要讓我傷心了 ⋯⋯⋯⋯⋯⋯⋯ 134

103. 무슨 일인지 모르겠지만　雖然不知道詳情 ⋯⋯⋯⋯⋯⋯ 135

104. 무슨 막말이야 ?　胡説什麼 ? ⋯⋯⋯⋯⋯⋯⋯⋯⋯ 136

105. 환장하겠네　快發瘋了 ⋯⋯⋯⋯⋯⋯⋯⋯⋯⋯⋯ 137

106. 잘 생각하시죠　好好想想看吧 ⋯⋯⋯⋯⋯⋯⋯⋯⋯ 138

107. 진작 얘기하지　為何不早點跟我説 ⋯⋯⋯⋯⋯⋯⋯⋯ 139

108. 그렇다고 삥뜯어요 ?　但也不能搶錢呀！ ⋯⋯⋯⋯⋯⋯ 140

109. 앞으로　接下來 ⋯⋯⋯⋯⋯⋯⋯⋯⋯⋯⋯⋯⋯⋯ 141

110. 빤히　明顯地 ⋯⋯⋯⋯⋯⋯⋯⋯⋯⋯⋯⋯⋯⋯⋯ 142

111. 몇 번을 얘기해　到底要説幾次 ⋯⋯⋯⋯⋯⋯⋯⋯⋯ 143

112. 왜 이래라 저래라 해 ?　為什麼叫我做這個做那個 ? ⋯⋯⋯ 144

113. 용건이 뭐야 ?　有什麼話要説嗎 ? ⋯⋯⋯⋯⋯⋯⋯⋯ 145

114. 거머리 같아　很纏人 ⋯⋯⋯⋯⋯⋯⋯⋯⋯⋯⋯⋯ 146

115. 너 죽을래 ?　找死嗎 ? ⋯⋯⋯⋯⋯⋯⋯⋯⋯⋯⋯ 147

116. 기가 막히네　不得了 ⋯⋯⋯⋯⋯⋯⋯⋯⋯⋯⋯⋯ 148

117. 책임질게　我來負責 ⋯⋯⋯⋯⋯⋯⋯⋯⋯⋯⋯⋯ 149

118. 주제를 모르고　不知分寸 ⋯⋯⋯⋯⋯⋯⋯⋯⋯⋯ 150

119. 그나저나　不説那些 ⋯⋯⋯⋯⋯⋯⋯⋯⋯⋯⋯⋯ 151

120. 술 마셨지 ?　你喝酒了吧 ? ⋯⋯⋯⋯⋯⋯⋯⋯⋯⋯ 152

121. 또라이야　神經病啊 ⋯⋯⋯⋯⋯⋯⋯⋯⋯⋯⋯⋯ 153

122. 확실해요 ?　確定嗎 ? ⋯⋯⋯⋯⋯⋯⋯⋯⋯⋯⋯ 154

123. 누가 이랬어 ?　是誰的所為 ? ⋯⋯⋯⋯⋯⋯⋯⋯⋯ 156

124. 다친 데 없어 ?　有受傷嗎 ? ⋯⋯⋯⋯⋯⋯⋯⋯⋯ 157

125. 사실이에요　是事實 ⋯⋯⋯⋯⋯⋯⋯⋯⋯⋯⋯⋯ 158

126. 부부 싸움은 칼로 물 베기　夫妻吵架，如刀割水 ⋯⋯⋯⋯ 159

127. 기분 전환 좀 해 봤어요　轉換個心情 ⋯⋯⋯⋯⋯⋯⋯ 160

128. 내가 누군지 알아 ?　你知道我是誰嗎 ? ⋯⋯⋯⋯⋯⋯ 161

129. 콩가루 집안　亂七八糟的家庭 —————————162

130. 얘기할 기분 아니야　沒心情説話 —————————163

131. 어디서 개수작이야　耍什麼花招 —————————164

132. 뭐가 뭐야？　什麼叫什麼？ —————————165

133. 어떡할래？　你想怎樣？ —————————166

134. 누구 좋으라고？　為了誰好？ —————————168

135. 말 걸지 마　不要跟我説話 —————————169

136. 바람났어　外遇了 —————————170

137. 새파랗게 어린 게　年紀輕輕 —————————171

138. 그게 중요해？　有很重要嗎？ —————————172

139. 그거 알아？　你知道嗎？ —————————174

140. 기꺼이　心甘情願 —————————175

141. 말하는 꼬라지 봐라　你看這説話的態度 —————————176

142. 이보세요　喂 —————————177

143. 뭐 하시는 거예요？　你這是在做什麼？ —————————178

144. 그런 식으로 얘기하지 마　不要説這種話 —————————179

145. 제정신이야？　你是不是瘋了？ —————————181

146. 본론만 말해　説重點就好 —————————182

147. 입이 열 개라도 할 말 없다　有口難辯 —————————183

148. 소설 쓰니？　寫小説嗎？ —————————184

149. 정신이 들어？　恢復意識了嗎？ —————————185

150. 부탁이야　拜託你 —————————186

151. 적반하장도 유분수지　豈有此理 —————————187

152. 뭔 소리야？　什麼意思？ —————————188

153. 장난이야　開玩笑的 —————————190

154. 명심해　你給我記住 —————————191

155. 원하는 게 뭐야？　你到底想要什麼？ —————————192

156. 무슨 말버릇이야？　怎麼這麼説話？ —————————193

157. 감이 없어　沒眼光 —————————194

158. 얼어 죽을　該死的 —————————196

159. 겁대가리 없이　膽大妄為 —————————197

160. 갈 때까지 가 보자　走到哪，算到哪吧 —————————198

161. 너야말로　你才是 —————————199

162. 보자 보자 하니까　不能再忍下去了 —————————200

163. 눈을 얻다 달고 다니는 거야? 眼睛長在哪裡? 201

164. 세상이 어떻게 돌아가는지 到底發生什麼事情? 202

165. 너답지 않게 不像你一樣 203

166. 다 내 잘못이야 都是我的錯 204

167. 트라우마 있어 有不好的回憶 205

168. 거기 안 서? 給我站住 206

169. 사고 쳤어? 闖禍了嗎? 207

170. 백번 양보해서 讓步百次 208

171. 좋은 꿈 꾸세요 祝好夢 209

172. 친하게 지내요 友好相處吧 210

173. 왜 이제 와? 怎麼現在才來? 211

174. 대체 나한테 왜 그래? 到底為什麼要這樣對我? 212

175. 웃기고 자빠졌네 讓人笑掉大牙 213

176. 이게 누구야? 這是誰呀? 214

177. 핑계 대지 마 不要找藉口 215

178. 못 봐주겠네 看不下去了 216

179. 민폐다 給人添加麻煩 217

180. 말로만 只用嘴巴說說 218

181. 골치 아프다 傷腦筋 219

182. 말은 똑바로 해야지 你要說清楚啊 220

183. 어이가 없네 無話可說 221

184. 쫄았어요? 被嚇到了嗎? 222

185. 어디서 오리발이야? 在哪裡裝傻? 223

186. 듣던 중 반가운 소리 真是個好消息 224

187. 왜 그 모양이야? 怎麼會是這個樣子? 225

188. 바래다줄게 我送你回去 226

189. 입도 뻥긋하지 마 什麼話都不要說 227

190. 어떻게 말을 그렇게 해? 怎麼可以說出這樣的話? 228

191. 꼴값 떤다 少臭美 229

192. 네가 홍길동이냐? 你是洪吉童嗎? 230

193. 어떻게 나한테 이럴 수 있어? 你怎麼可以對我這樣? 232

194. 이게 뭔 개고생이야 我幹嘛這麼辛苦 233

195. 잘될 거야 一切都會順利的 234

196. 누구 닮아서 到底像誰 236

197. 몰라서 물어요? 你是真的不知道才會問我嗎? 237

198. 하긴 沒錯啦 238

199. 말을 말자 算了，我別說吧 239

200. 언제 철들래? 什麼時候才要懂事啊? 240

Part 2. 韓流，不能不知道的句子、流行語！

01. 실화냐? 是真的嗎? 244

02. 인정 認同 244

03. 낚였다 被騙了 244

04. 드립 梗 245

05. 핵노잼 超級無聊 245

06. 아무 말 대잔치 胡言亂語大盛宴 245

07. 극대노 非常生氣 246

08. 최애 最愛 246

09. 덕질 追星 246

10. 팩트 事實 247

11. 저세상 ___ 陰間 ____ 247

12. 금수저 富二代 247

13. 찐 ___ 真實的 ____ 248

14. 돌직구 直說 248

15. 격공 深有同感 249

16. 동공 지진 瞳孔地震 249

17. 끝판왕 終結王 250

18. 죽을 맛 痛苦 250

19. 취저 取向狙擊 251

20. 국룰 國民規則 251

21. 폭탄선언 炸彈宣言 252

22. 현타 現實自覺時間 252

23. 말잇못 說不下去 253

24. 먹튀 吃完偷跑 253

25. 의태어 / 의성어 擬態語、擬聲語 254

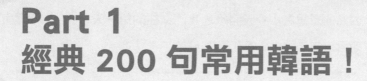

Part 1
經典 200 句常用韓語！

因各家手機系統不同，若無法直接掃描，仍可以（https://tinyurl.com/46k9cz7a）電腦連結雲端下載收聽。

01. 오늘부터 1 일이다 今天開始是我們交往的第一天

唸法 o-neul-bu-teo i-ri-ri-da

👤 你知道嗎？

　　在韓劇裡很常聽到「**오늘부터 1 일이다 .**」，直翻成中文是「**從今天起，是一日。**」內涵的意思為「**今天開始是我們交往的第一天**」，許多韓國年輕人會在曖昧期用這句來告白或答應對方。

韓流都是這樣用

　　韓劇「**학교 2017《學校 2017》**」是講述高中生的各種故事，這部劇的男主角問女主角是否有想念他，女主角不想隱瞞她的感情而回答「有」，於是男主角就跟女主角說了「**오늘부터 1 일이다 .**」因為它在字面上是看不出任何代表「交往」的詞彙，所以在「**철인왕후《哲仁王后》**」中有個很有趣的片段，《哲仁王后》的王后是現代的男人穿越到王后身體，因此靈魂是現代人，這王后告訴國王哲宗各種現代的句子，有一天，哲宗對王后說「**오늘부터 1 일**」但是他以為只要是任何事情的第一天就能使用這句，所以誤會這句的真正意思，王后聽到後不讓哲宗對她講這一句。另外，韓國知名歌手 K.will(케이윌) 的其中一首歌名也是「**오늘부터 1 일**」，由此可見，這句多常用！我們就來學幾句經典歌詞吧！

* 우리 오늘부터 1 일

  我們從今天起 1 日

  唸法 u-ri o-neul-bu-teo i-ril

---

* 이런 말 나도 처음이야

  這種話我也是第一次説

  唸法 i-reon mal na-do cheo-eu-mi-ya

---

* 정말 나 장난 아냐

  我真的不是在開玩笑

  唸法 jeong-mal na jang-nan a-nya

---

* 오늘부터 지금부터

  從今天起，從現在起

  唸法 o-neul-bu-teo ji-geum-bu-teo

---

* 내 거 해 줄래

  成為我的吧

  唸法 nae geo hae jul-lae

 你可能不知道

　　韓國情侶很重視在一起的「100 일 一百天」、「200 일 兩百天」、「300 일 三百天」‧‧‧‧‧所以韓國情侶動不動就在過情人節，比較特別的是「在一起的第二十二天」也有在慶祝！這一天，韓文叫「투투（發音為英文的 two two）」，至於為什麼會特別慶祝二十二天？沒有人知道它的由來，不過有趣的是，在韓國卻沒有人過七夕情人節喔！

02. 사과해! 趕快跟我道歉

唸法 sa-gwa-hae

你知道嗎？

「사과」這一個單字是「蘋果」的意思，但是也可以指「道歉」的名詞，在「사과」後面多加「하다」後，讓它變成動詞 **사과하다**（道歉）。因為它有兩種意思，所以在青春劇裡會看到「送一顆蘋果」道歉的畫面。

韓流都是這樣用

在韓版的「꽃보다 남자《花樣男子》」裡，女主角沒有勇氣對男主角開口致歉，這時候任何話都不說，送了一顆蘋果表達歉意。除此之外，在綜藝節目裡當某人道歉時，字幕上也會看到一顆蘋果。

再學多一點

* 미안해.
對不起。
唸法 mi-an-hae

* 내가 잘못했어.
是我的錯。
唸法 nae-ga jal-mo-tae-sseo

* 다신 안 그럴게.
我不會再這樣了。
唸法 da-sin an geu-reol-ge

你可能不知道

　　你知道在韓國美女最多的地方是哪裡嗎？就是「대구 大邱」！那麼，有沒有聽說過「대구 미녀 大邱美女」呢？大邱的蘋果很有名，蘋果不僅在功效或外觀上，都是無可挑剔的水果；另一方面，韓國人認為愛吃蘋果的女人就會長得漂亮，所以自古以來會用蘋果來比喻美麗的臉蛋，韓國有一首人人皆知的童歌叫「사과 같은 내 얼굴 我的臉蛋如同蘋果一樣」。

　　韓國人喜歡吃蘋果的這件事情，還可以從以下這句知道！韓國有句話是說：「早上吃的蘋果是金，中午吃的蘋果是銀，晚上吃的蘋果是毒。」我剛來臺灣的那一年，某天的深夜裡在宿舍看到有個室友在吃蘋果，我忍不住跟她說：「晚上吃的蘋果是毒！」其實，韓國人說的「毒」只是一個比喻，怕晚上吃蘋果後馬上睡覺，會造成腸胃負擔才會這麼說的。

03. 라면 먹고 갈래？ 要不要吃個泡麵後再回家？

（唸法）ra-myeon meok-go gal-lae

你知道嗎？

在韓劇「김비서가 왜 그럴까《金秘書為何那樣》」裡，金微笑（김미소）邀請李英俊（이영준）來她的家吃泡麵，但為什麼一定要是泡麵呢？當一個人想要邀請對方來家裡或者捨不得分開，可是又不知道該找什麼理由的時候，就會以「吃泡麵」為藉口。

韓流都是這樣用

在這部韓劇裡，男主角李英俊的朋友跟他說「女生問你『라면 먹고 갈래？要不要吃個泡麵後再回家？』，就代表她喜歡你的意思！」傻傻不懂女人心的男主角回覆了「泡麵又不是什麼珍貴的魚子醬和松露，只不過是充滿化學添加物的泡麵而已，居然有這麼深奧的意思在‧‧‧‧‧」我們再多看兩句在這部韓劇出現過的臺詞。

再學多一點

* 이 라면 먹으면 나랑 사귀는 거다.

如果你吃這泡麵就要跟我在一起了！

（唸法）i ra-myeon meo-geu-myeon na-rang sa-gwi-neun geo-da

* 나 당신을 좋아해요.

我喜歡你。

（唸法）na dang-si-neul jo-a-hae-yo

上述的第一個臺詞其實是應用了韓國電影「내 머리 속의 지우개《我腦海中的橡皮擦》」最經典的臺詞，在電影裡，男女主角一起喝酒的時候，男主角對女主角說「이거 마시면 우리 사귀는 거다. 喝這杯，我們就要在一起了。」女主角看了男主角一眼，直接乾了！這部電影的女主角就是韓國巨星孫藝真 (손예진)。

 你可能不知道

根據世界拉麵協會調查，韓國一人年平均泡麵消費量為世界第一。當泡麵剛上市的時候，在韓國是個珍貴又特別的食物，直到 1980 年代，大量生產泡麵，又加上經濟慢慢穩定後，泡麵才成為一般老百姓也能容易購買的廉價食品。韓國人煮泡麵的方法與臺灣有些不同，因為韓國的泡麵一定是用煮的，並不是用熱水泡的；通常煮泡麵時會加一顆蛋和蔥，剩下的湯底會加冷飯來吃，類似泡飯的概念。

04. 애썼어 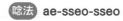 辛苦了

唸法 ae-sseo-sseo

 你知道嗎?

「**애썼어.**(原形애쓰다)」為「費盡力氣、花費心思」之意,此句會在為了爭取某個利益或目的花費了很多力氣時使用。

韓流都是這樣用

在「주몽《朱蒙》」裡,扮演金蛙王長子的金承洙(김승수)對他的心腹常常説「**애썼어.**」。其實,「辛苦了」有幾種不同的表達方式,都很常使用。

 **再學多一點**

* 수고했어.
辛苦了。
唸法 su-go-hae-sseo

* 고생했어.
辛苦了。
唸法 go-saeng-hae-sseo

有沒有聽說過「敬語（존댓말）」和「半語（반말）」呢？敬語就是使用在長輩、陌生人、不熟的人身上，敬語裡會再細分出不同階級的敬語；而半語的使用對象為晚輩、平輩、熟人身上。說到敬語，剛剛提到使用對象為長輩，在韓國，只要對方比自己大一歲也必須要使用敬語說話。在韓國社會裡，這年紀是分得很清楚的！

　　來說說韓國算年齡的方法與其他國家有何不同吧。在韓國，一出生的那一年就是一歲了，簡單來說，是用出生的年份來計算年紀。舉例說：12月31日出生的人，在隔天的1月1日就變成兩歲，所以1月1日出生的人，要對前一天出生的人說敬語了。不過這裡還有更有趣的事情，有些人會說自己是「快的xx年」，代表他是出生在西元xxxx年1、2月的人、生日比較快，說這句話很有可能是代表「不想對出生在前一年的人說敬語」，這是個非常奇妙又特別的韓國文化！

05. 말 놓을게 我要説半語了

(唸法) mal no-eul-ge

 你知道嗎？

我們在前面學過什麼樣的情況下使用敬語和半語，如果對方的年紀比自己小，那麼年長者就會説「**말 놓을게**. 我要説半語了。」或者跟對方説「**우리 말 놓을래요？** 我們要不要説半語？」

韓流都是這樣用

通常這句話在韓劇裡是男女主角對彼此有興趣時説的臺詞，因為使用半語聊天會拉近彼此的距離，更有親密感。在日常生活中，如果和對方變熟了，但還未使用半語時，也可以提議對方「우리 말 놓을래요？ 我們要不要説半語？」。

06. 하지 말라고 我叫你不要這樣了

(唸法) ha-ji mal-la-go

 你知道嗎？

「하지 말라고」有命令、警告的意思在，它是兄弟姊妹吵架時一定會出現的句子！

韓流都是這樣用

韓劇「감자별《馬鈴薯星》」中，哥哥高庚杓（고경표）故意學他妹妹徐睿知（서예지）說話，徐睿知很生氣的跟哥哥說「**하지 말라고！我叫你不要這樣了！**」在這部劇裡，這一對兄妹演得很切實際，所以有了「현실 남매 現實兄妹」的號稱。

再學多一點

* 그만하라고 .

　我叫你不要這樣了。
　(唸法) geu-man-ha-ra-go

---

* 왜 저래 진짜 .

　到底怎麼了，真是的。
　(唸法) wae jeo-rae jin-jja

---

* 네가 먼저 그랬잖아 .

　是你先開始的。
　(唸法) ne-ga meon-jeo geu-raet-ja-na

07. 찌질해 沒出息

(唸法) jji-jil-hae

 你知道嗎?

「**찌질해**」衍生出一個名詞「**찌질이**」,字典上的意思為「不合群的孩子」,其實就是指「不怎麼樣、沒出息的人」。

韓流都是這樣用

韓劇「**쌈,마이웨이《三流之路》**」中,當崔愛羅(최애라)和高東萬(고동만)在聊關於自己的夢想時,東萬說他夢想就是當一個「**부자 富豪**」,愛羅就回他「**찌질해.**」,可以翻成「真沒出息」。

再學多一點

＊ 사기꾼
騙子
(唸法) sa-gi-kkun

＊ 못난이
醜八怪
(唸法) mon-na-ni

* **바람둥이**
  花花公子
  (唸法) ba-ram-dung-i

* **거짓말쟁이**
  騙子
  (唸法) geo-jin-mal-jaeng-i

* **수다쟁이**
  長舌婦
  (唸法) su-da-jaeng-i

* **따라쟁이**
  學人精
  (唸法) tta-ra-jaeng-i

08. 필름 끊겼어 喝到斷片了

(唸法) pil-leum kkeun-kyeo-sseo

 **你知道嗎？**

先從飲酒文化開始說吧！在韓國的餐廳到處都能看到燒酒（소주），尤其是聚餐時，燒酒是少不了的。就算是平日也會看到喝到爛醉躺在地板上的人。如果喝到斷片，韓文可以說「**필름 끊겼어.** 喝到斷片了。」句子中的「필름」為 film 的外來語。

韓流都是這樣用

一般在韓劇裡，男主角前一天沒有接到女朋友打來的的電話，都會用「필름 끊겼어.」當藉口，其實說這句只會讓女朋友更生氣。

再學多一點

* **취했어？**

你醉了嗎？
(唸法) chwi-hae-sseo

* **나 안 취했어.**

我沒有醉。
(唸法) na an chwi-hae-sseo

* **그만 마셔.**

別再喝了。
(唸法) geu-man ma-syeo

* **건배！**
乾杯！

 你可能不知道

　　是否有聽過「폭탄주 炸彈酒」呢？炸彈酒就是混酒的意思，除了最多人知道的「소맥 燒啤（燒酒＋啤酒）」外，還有各式各樣的炸彈酒。來介紹一個製作方法較簡單的「고진감래주 苦盡甘來酒」！先準備好兩個一口杯（高粱杯）與啤酒杯；把可樂倒滿於其中一個一口杯後放進啤酒杯裡，再把燒酒倒滿於另一個一口杯上，接著把它疊在可樂上面，最後，把啤酒倒滿於啤酒杯就可以了，記得要一口喝下去！我們在第一口會先喝到苦苦的燒啤，喝完苦苦的燒啤後就會馬上喝到甜甜的可樂，所以才會叫「고진감래주 苦盡甘來酒」。

09. 넌 빠져 別管了

(唸法) neon　ppa-jyeo

 你知道嗎？

此句的中文意思為「別管了」、「別插手」，一般在不相干的第三者介入的時候會說「**넌 빠져 .**」。

韓流都是這樣用

　　來介紹一部在西元 2003 年播出的韓劇「천국의 계단《天國的階梯》」中的其中一個劇情：有一天，男主角車誠俊（차성준）邀請了許多人，為的就是在那個場合宣布自己要與心愛的人韓靜書（한정서）結婚，但那時候他是有其他訂婚對象的，訂婚對象為韓靜書的繼妹韓友莉（한유리）；韓友莉的媽媽邰美蘿（태미라）誤以為車誠俊是為她的女兒準備的驚喜，後來才知道是為了與韓靜書結婚，當場發神經翻桌子說「이건 말도 안 돼！뭐 하는 짓이야！這不像話！到底在搞什麼！」並且對在場的所有人說「너네 다 고소할 거야！我要告你們所有人！」這時，知道邰美蘿先前做過所有惡行的兒子韓泰華（한태화）出面對邰美蘿說「당신은 그럴 말할 자격 없을 텐데 . 你沒資格說這句話。」邰美蘿馬上回「**넌 빠져！你別插手！**」因扮演邰美蘿的演員演技實在太厲害，這場面成為這齣戲的經典畫面以及經典臺詞了，所以說到《天國的階梯》，大家都會想到這一句「넌 빠져 .」

劇中，扮演男主角車誠俊原本的訂婚對象是現在的韓國巨星金泰希（김태희），這部劇是她第一次主演的戲，拍完這部劇後才開始爆紅。只要對韓國旅遊有興趣的人，可能對樂天世界（롯데월드）並不陌生，樂天世界就是《天國的階梯》的主要拍攝地。這部韓劇給大眾的影響很大，讓樂天世界變得更有名，而且因交通的方便性，更得到許多國高中生的歡迎，對韓國年輕人來說，一直都是「想穿著制服約會的場所」，儼然已成為許多人心目中象徵著浪漫的地方。

10. 너나 잘하세요 你管好你自己

唸法 neo-na jal-ha-se-yo

 你知道嗎？

　　「너나 잘하세요」是電影「친절한 금자씨《親切的金子》」的經典臺詞。此句最有趣的地方是「너 你 / 妳」為半語，只能對平輩或晚輩使用；而最後卻使用了「요」(敬語) 結尾。它在文法的結構上是錯誤的句子，所以這句話完全是在諷刺對方管好自己。但是在真實生活中必須要注意！韓國人是很重視説話禮儀的，與陌生人這樣説一定會是大吵的情況！

11. 잘 먹고 잘 살아라 祝你吃得好活得好

唸法 jal meok-go jal sa-ra-ra

 你知道嗎？

　　如果以為「잘 먹고 잘 살아라」是真心祝福的話，那誤會可大了！此句並非字面上真心祝福的話，而是在諷刺對方「我倒是要看看你過得有多好」。

韓流都是這樣用

　　在某一齣劇裡，老婆對老公罵了髒話，老公決定要離家出走，這時對老婆説了「잘 먹고 잘 살아라. 祝你吃得好活得好。」通常，對方忽視、讓我不開心，就會説出這一句來諷刺。句子中的「라」為命令句，是上對下使用的語尾，所以只要是聽到「라」就代表是命令對方的句子。當然，「잘 먹고 잘 살아라.」也有可能是指字面上真心祝福的意思，但是機率很低。

12. 미쳤구나 瘋了

(唸法) mi-chyeot-gu-na

👨 你知道嗎？

　　關於「瘋了」這句，不一定是「**미쳤구나.**」，它可以從「미치다 (原形)」去修改、衍生出更豐富的句子。「**미쳤구나.**」結尾的「구나」多半在自言自語、現在得知的新消息上使用，帶有「驚嚇」的意思在。

韓流都是這樣用

　　其實「미치다」除了像精神異常這種負面的意思之外，還可以是指「瘋狂於某一人事物」，應用時前面多加「에」的助詞，例如：「여행에 미치다 熱愛旅遊」、「떡볶이에 미치다 熱愛辣炒年糕」、「한국 드라마에 미치다 熱愛韓劇」等，所以曾經有一部韓劇叫「사랑에 미치다」，中文翻譯為《為愛瘋狂》。

再學多一點

* 미쳤어 ?

你瘋啦？

(唸法) mi-chyeo-sseo

---

* 미친놈 .

瘋子。

(唸法) mi-chin-nom

---

* 미치겠어 .

我快瘋了。

(唸法) mi-chi-ge-sseo

13. 이상형이 뭐예요 ? 你的理想型是什麼？

唸法 i-sang-hyeong-i mwo-ye-yo

 你知道嗎？

　　韓國人對有興趣的對象喜歡問「理想型」是什麼樣的人，所以在綜藝節目裡時常出現「이상형 월드컵 理想型世界盃」的遊戲，選出最後自己的理想型是接近哪個明星的外貌。除了「**이상형이 뭐예요 ？你的理想型是什麼？**」之外，還喜歡問「**혈액형이 뭐예요？血型是什麼？**」

韓流都是這樣用

　　在韓國，比起星座，更相信血型相關的分析。曾經流行這樣的回答，就是在不想回答或想要開玩笑的情況下，女生會回覆「인형 娃娃」或「당신의 이상형 你的理想型」，那是因為「혈액형 血型」的最後一個字和「인형」及「이상형」的最後一個字都是相同的韓文字「형」結尾。

再學多一點

「태양의 후예《太陽的後裔》」中：

劉時鎮 (유시진)：**혈액형이 뭡니까 ？**

血型是什麼？

唸法 hyeo-rae-kyeong-i mwom-ni-kka

姜暮煙 (강모연)：**당신의 이상형 ？**

你的理想型？

唸法 dang-si-nui i-sang-hyeong

劉時鎮 (유시진) : **더 해 봐요 .**

> 繼續説説看吧。
> **唸法** deo hae bwa-yo

姜暮煙 (강모연): **미인형 ?**

> 美女型 ?
> **唸法** mi-in-hyeong

劉時鎮 (유시진) : **한번만 더 해 봐요 .**

> 再説一句看看。
> **唸法** han-beon-man deo hae bwa-yo

姜暮煙 (강모연) : **인형 ?**

> 娃娃 ?
> **唸法** in-hyeong

在這對話裡，姜暮煙一直説「형」結尾的單字開玩笑、逗劉時鎮開心。

你可能不知道

　　在韓文，有一個語法叫做「格式體」，一個相同的句子可分為「一般口語」和「格式體」的兩種表達方式。「格式體」使用於正式場合，平常聽到的「思迷達 (습니다)」就是格式體的用法。韓國的軍人説話一律都得使用「格式體」在《太陽的後裔》中扮演劉時鎮角色的宋仲基 (송중기) 是軍人，在詢問女主角的血型時，使用了格式體「혈액형이 뭡니까 ?」來代替了我們一般人使用的口語方式「혈액형이 뭐예요 ?」。

14. 반했어 愛上了

(唸法) ban-hae-sseo

 你知道嗎？

「반했어」(原形 반하다)為「愛戀、著迷、迷住」之意。

韓流都是這樣用

　　有一部迷你連續劇的片名為「넌 내게 반했어」，中文翻成《你為我著迷》。「반했어」說的對象不一定是人，可以是無生命的物品，甚至連一個人的聲音也可以使用「반했어」來說。在 2019 年推出了比賽節目「퀸덤《Queendom》」，有韓國歌手朴春、AOA、MAMAMOO、Lovelyz、Oh My Girl、(G)I-DLE 六組競演，其中，Oh My Girl 翻唱了 Lovelyz 的 Destiny 這首歌，在韓國受到眾人關注，連 AOA 成員在欣賞表演時說了這句「**반했어 .**」。在這句前面可以多加「완전」兩個字來強調，「완전」是日常生活中使用頻率很高的單字之一，指「完全地」、「非常」，是較口語的用法。

再學多一點

* **완전 맛있어 .**
  超級好吃。
  (唸法) wan-jeon ma-si-sseo

* **완전 예뻐 .**
  超級漂亮。
  (唸法) wan-jeon ye-ppeo

* 완전 짜증나 .

　超級煩。

　(唸法) wan-jeon jja-jeung-na

---

* 완전 재미있어 .

　超級有趣。

　(唸法) wan-jeon jae-mi-i-sseo

15. 너 말 다 했어? 你夠了沒？

(唸法) neo mal da hae-sseo?

 你知道嗎？

中文為「你說完了沒？」「夠了沒？」。如果對方說話不懂分寸、太過份，就可以說「너 말 다 했어? 你夠了沒？」

韓流都是這樣用

在韓劇裡，女人之間吵架時說完「너 말 다 했어?」接著就開始抓頭髮、丟東西，這種抓頭髮吵架的動作，韓文叫「머리채 잡다 抓頭髮」。其實不只在韓劇裡，在韓國的新聞頭條裡也能看到「머리채 頭髮」這一個單字，代表抓頭髮吵架，所以韓劇演的看起來雖然誇張，但平常在現實生活中，還是會看到這樣兇巴巴的女生如同演韓劇般吵架。

16. 오늘따라 더 예뻐 보이네 今天看起來特別美

唸法 o-neul-tta-ra deo ye-ppeo bo-i-ne

你知道嗎？

　　想要討好對方時說的句子，多半只是客套話。「오늘따라」是指「今天特別地‧‧‧‧‧」，可以應用出更多句子。

韓流都是這樣用

　　句子中的「더」為「更」的意思，整句的意思代表「平常也很美，只是今天看起來更美麗。」就算知道它只是為了討好我們的客套話，聽到了還是會很開心。

再學多一點

* 오늘따라 보고 싶네.

今天特別想念你。

唸法 o-neul-tta-ra bo-go sim-ne

* 오늘따라 먹고 싶네.

今天特別想吃。

唸法 o-neul-tta-ra meok-go sim-ne

* 오늘따라 생각나네.

今天特別想到你。

唸法 o-neul-tta-ra saeng-gang-na-ne

17. 얻다 대고 말대꾸야? 你敢頂嘴?

唸法 eot-da dae-go mal-dae-kku-ya

你知道嗎?

這「얻다 대고」四個字不僅在韓劇、韓綜,在日常生活中都很常使用,中文可理解成「憑什麼敢對我‥‥‥」。

韓流都是這樣用

在「언니는 살아있다《姐姐風采依舊》」中,只要對集團本部長具世京(구세경)頂嘴或給予任何讓她不滿意的回覆,具世京動不動就會說「어디서 말대꾸야? 你敢頂嘴?」或「얻다 대고 말대꾸야? 你敢頂嘴?」兩句意思相同。這「얻다 대고 말대꾸야?」榮獲了韓劇裡的婆婆常說的臺詞第一名!

再學多一點

* 얻다 대고 반말이야?
   憑什麼對我說半語?
   唸法 eot-da dae-go ban-ma-ri-ya

* 얻다 대고 욕이야?
   憑什麼對我罵髒話?
   唸法 eot-da dae-go yo-gi-ya

* 얻다 대고 막말이야?
   憑什麼對我亂說話?
   唸法 eot-da dae-go mang-ma-ri-ya

你可能不知道

　　說到婆婆，不能不提「고부갈등 婆媳矛盾」，韓劇最愛演這主題了。其實不只在劇裡，在日常生活中因為婆媳間相處不來離婚的夫妻比例很高，所以韓文有一句新造語：「시월드 婆家生活」，是負面的意思。這裡的「시」是指「**시**어머니 婆婆」、「**시**아버지 公公」、「**시**누이 小姑」，不過一般指的是婆婆；「월드」是 world 翻過來的外來語。

18. 아, 뒷골 당겨 我的後腦勺痠痛

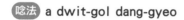

唸法 a dwit-gol dang-gyeo

你知道嗎？

　　是否有注意到韓國人一旦生氣，就會抓自己的脖子呢？韓國人認為血壓上升會讓我們的後頸痠痛，所以就算沒有高血壓、血壓上升等問題，也習慣抓自己的後頸以表生氣的情緒。

韓流都是這樣用

　　「아, 뒷골 당겨! 啊，我的後腦勺痠痛。」「뒷골」指的就是後腦勺、後頸，也代表他們在生氣的意思。

19. 어디 김 씨예요? 你是哪裡的金氏？

唸法 eo-di gim ssi-ye-yo

你知道嗎？

　　韓國人愛問「你是哪裡的 ＿＿＿ 氏？」中文可以理解為「你的籍貫是哪裡？」或許在臺灣人的眼裡，比較無法理解問此句的目的何在，但是韓國人很重視地緣關係，以前在韓國禁止與同籍貫姓氏的人結婚，這在現代聽起來雖然很荒謬，不過此法律到西元 1997 年仍然存在著。

韓流都是這樣用

　　聽到與自己的姓氏相同、好奇對方籍貫的時候，會問「본관이 어디예요? 你的籍貫是哪裡？」「어디 ＿＿＿ 씨예요? 你是哪裡的 ＿＿＿ 氏？」如果回答「김해 김 씨 金海金氏」代表籍貫是「金海」。在綜藝節目裡有遇到嘉賓與主持人相同姓氏的時候，也會看到主持人問嘉賓籍貫是哪裡，例如，韓綜「아는 형님《認識的哥哥》」某一集的嘉賓是防彈少年團，其中一名成員姓「민閔」，於是主持人閔庚勳（민경훈）問「你是哪裡的閔氏？」

你可能不知道

　　韓國最多的姓氏是「김 金」、「이 李」、「박 朴」、「최 崔」，其中「김해 김 씨 金海金氏」排第一，再來是「밀양 박 씨 密陽朴氏」，「전주 이 씨 全州李氏」排第三。朝鮮王朝主要以全州李氏為主軸，創造韓文字母的「세종대왕 世宗大王」就是全州李氏。

20. 족보 꼬인다 族譜會亂掉

唸法 jok-bo kko-in-da

 你知道嗎？

我們在前面提到，在韓國曾經禁止與相同籍貫姓氏的人之間結婚，原因就是怕「**족보 族譜**」會亂掉。這句除了在相同籍貫姓氏的婚姻外，還可以在其他情況使用。

韓流都是這樣用

如果要與女生結婚的男方比岳父年紀還要大，這時候會說「**족보 꼬인다. 族譜會亂掉**」。這句不是只能用在婚姻相關的事情上喔！

韓國人非常重視「輩分」，如果 1991 年出生的人和 1992 年 1 月出生的人 (1、2 月出生的人，韓文叫빠른 년생，指早月生) 是當朋友、彼此之間說半語，但是 1992 年 5 月出生的人卻要叫 1991 年生的人「哥哥、姐姐」並且說敬語，這種奇妙的情況下，韓國人也會說「족보 꼬인다.」。

21. 죽고 싶어 환장했어? 不要命了？

唸法 juk-go si-peo hwan-jang-hae-sseo

你知道嗎？

「죽고 싶어 환장했어?」會以不同語尾出現在許多韓劇裡，可以翻成「找死嗎？」「不要命了？」在威脅別人的時候也會使用，接近於中文的「活得不耐煩嗎？」。

韓流都是這樣用

「죽고 싶어 환장했어?」中「환장했어?（原形환장하다）」意思為「發神經、不耐煩」，把「환장했어?」拿掉後，只說「죽고 싶어?」也是可以的，句子會更簡短。

22. 독한 년 狠毒的丫頭

(唸法) do-kan nyeon

你知道嗎？

　　「독한 년」中的「년」為丫頭的意思，雖然是不雅用語，但很常使用，或者是把它改成「계집애」也可以，意思同樣為丫頭。此句的原形為「독하다 狠毒」，除了說女生為「독한 년」外，可以直接說「독하다」三個字來形容一個人心腸歹毒。

韓流都是這樣用

　　「왔다! 장보리《華麗的對決》」中的惡女延敏靜（연민정）、「언니는 살아있다《姐姐風采依舊》」中的惡女具世京（구세경），都曾經被罵為「독한 년」。

再學多一點

* 나쁜 년
　壞丫頭
　(唸法) na-ppeun nyeon

* 미친년
　瘋丫頭、瘋婆子
　(唸法) mi-chin-nyeon

* 뻔뻔한 년
　厚臉皮的丫頭
　(唸法) ppeon-ppeon-han nyeon

23. 여우 같은 년 像狐狸般的丫頭

唸法 yeo-u ga-teun nyeon

你知道嗎？

　　在韓國會以「여우 狐狸」來形容一個女人機靈或狡猾。「**여우 같은 년**
狐狸般的丫頭」中的「년」在前面有提過，它是不優雅的詞彙、輕視女人時
使用，中文翻成「丫頭」。

韓流都是這樣用

　　在「오로라 공주《歐若拉公主》」中，朴智英（박지영）看到女主角歐
若拉（오로라）直接賞巴掌說「**여우 같은 년.**」因為朴智英認為歐若拉勾引
了黃瑪瑪（황마마），所以看她不順眼。

你可能不知道

在韓國會用什麼動物來比喻什麼樣的人呢？我們來了解一下吧！

老虎（호랑이）：形容一個人很兇、嚴格。

青蛙（청개구리）：形容不聽話的人，通常指小朋友不聽話。

熊（곰）：狐狸的相反，指一個人笨拙或不機靈。

螞蟻（개미）：指勤勞的人。

24. 죽었다 깨어나도 無論如何

(唸法) ju-geot-da kkae-eo-na-do

你知道嗎？

「죽었다 깨어나도」為韓文慣用語，意旨「無論如何」、「絕對」，而字面上的意思為「就算死後再醒過來，也‥‥‥‥」。

韓流都是這樣用

在韓劇裡都怎麼應用呢？請看以下句子：

1. 죽었다 깨어나도 버릇 못 고쳐.

   你絕對改不了（壞）習慣。

   (唸法) ju-geot-da kkae-eo-na-do beo-reut mot go-chyeo

2. 죽었다 깨어나도 넌 안 돼.

   無論如何，你就是不行（沒機會）。

   (唸法) ju-geot-da kkae-eo-na-do neon an dwae

你可能不知道

除了像這句「죽었다 깨어나도 就算死後再醒過來」外，韓國人很愛使用這種抽象的句子，例如「전생에 上輩子」、「평생 永生」，這或許能代表韓國人相信「轉世」、「輪迴」，所以像「호텔 델루나《德魯納酒店》」「도깨비《鬼怪》」「신과 함께《與神同行》」也是這一類型的題材。

25. 보는 눈은 있어 가지고 挺有眼光的

唸法 bo-neun nu-neun i-sseo ga-ji-go

 你知道嗎？

「눈」原指眼睛，但在這裡指的是「眼光」；「보는 눈이 있다 (原形)」中文為「有眼光」。

韓流都是這樣用

在「언니는 살아있다《姐姐風采依舊》」中，小朋友陳虹詩 (진홍시) 不斷稱讚患有公主病的女藝人閔德希 (민들레) 的美貌像「탑스타 巨星」，閔德希開心地對虹詩說「보는 눈은 있어 가지고 . **挺有眼光的。**」

以下為《姐姐風采依舊》完整的對話：

閔德希：뭘 봐 ? 왜 웃어 ?

　　　　看什麼？幹嘛笑？

　　　　唸法 mwol bwa wae u-seo

陳虹詩：예뻐서요 .

　　　　因為漂亮。

　　　　唸法 ye-ppeo-seo-yo

閔德希：조그만 게 **보는 눈은 있어 가지고** .

　　　　小傢伙還挺有眼光的。

　　　　唸法 jo-geu-man ge bo-neun nu-neun i-sseo ga-ji-go

陳虹詩：근데 아줌마 진짜 예뻐요 .

　　　　大嬸，真的很漂亮。

　　　　唸法 geun-de a-jum-ma jin-jja ye-ppeo-yo

閔德希：야！내가 왜 아줌마야！

欸！我為什麼是大嬸！

唸法 ya nae-ga wae a-jum-ma-ya

除了在《姐姐風采依舊》外，還有在「낭만닥터 김사부 2《浪漫醫生金師傅 2》」也有出現過相似的句子，急診科醫師尹雅琳（윤아름）看到花美男護理師朴恩卓（박은탁）後，在大家面前說他很帥，在旁的另一個急診科醫師對尹雅琳說「보는 눈이 있네. 真有眼光。」這時候就是使用了「보는 눈이 있다」。

再學多一點

* **눈이 높다**
  眼光高
  唸法 nu-ni nop-da

---

* **눈이 낮다**
  眼光低
  唸法 nu-ni nat-da

26. 사극 대사 古裝劇的臺詞

（唸法）sa-geuk dae-sa

 你知道嗎？

　　現在來看看古裝劇裡到底在說些什麼？古代和現代的用詞不僅不同，連句子的語尾也都不同！

韓流都是這樣用

　　我們要看的是古裝劇裡一定會出現的臺詞、單字：

1. 허면

　　那麼（現代用語：그럼）

　　（唸法）heo-myeon

2. 성은이 망극하옵니다 .

　　聖恩浩蕩。

　　（唸法）seong-eu-ni mang-geu-ka-om-ni-da

3. 황공하옵니다 .

　　惶恐不安。

　　（唸法）hwang-gong-ha-om-ni-da

4. 전하 , 아니되옵니다 .

　　殿下，使不得呀！

　　（唸法）jeon-ha a-ni-doe-om-ni-da

5. 죽여 주시옵소서 .

　　請殺了我吧。

　　（唸法）ju-gyeo ju-si-op-so-seo

6. 통촉하여 주시옵소서 .

    請明察。

    唸法 tong-cho-ka-yeo ju-si-op-so-seo

7. 벗

    朋友 (現代用語：친구)

    唸法 beot

8. 신첩

    臣妾

    唸法 sin-cheop

9. 여봐라 .

    來人啊。

    唸法 yeo-bwa-ra

10. 주상 전하 납시오 .

    殿下駕到。

    唸法 ju-sang jeon-ha nap-si-o

11. 고정하시옵소서 .

    請息怒。

    唸法 go-jeong-ha-si-op-so-seo

27. 감히 어딜 넘봐? 敢覬覦誰?

唸法 gam-hi eo-dil neom-bwa

 你知道嗎?

「감히」為「竟敢」、「斗膽」的意思。

韓流都是這樣用

富二、富三代愛上貧窮的女主角是常見劇情,在這種劇情裡,男主角的媽媽都會對女主角說「감히 어딜 넘봐?」。

再學多一點

* 감히 네가 ...
  你這種人竟敢 ......
  唸法 gam-hi ne-ga

---

* 감히 어디서 ...
  哪敢 ......
  唸法 gam-hi eo-di-seo

---

* 어떻게 감히 ...
  怎敢 ......
  唸法 eo-tteo-ke gam-hi

除了講對方外，主詞還可以是第一人稱的「自己」。韓國有一首歌是任宰範（임재범）唱的「苦海（고해）」，歌詞就在說自己竟敢愛上了一個女人：

* **어찌합니까**
  怎麼辦呢
  唸法 eo-jji-ham-ni-kka

* **어떻게 할까요**
  應該要怎麼辦才好
  唸法 eo-tteo-ke hal-kka-yo

* **감히 제가 감히 그녀를 사랑합니다**
  竟敢 我竟敢愛上那個女人
  唸法 gam-hi je-ga gam-hi geu-nyeo-reul sa-rang-ham-ni-da

　　此首歌被列為「韓國男生在 KTV 必唱歌曲」第一名！尤其是男生對女生告白，或者單戀的時候會唱這一首歌。

28. 죽여 버릴 거야 我要殺了你

唸法 ju-gyeo beo-ril geo-ya

你知道嗎？

「죽여 버릴 거야」在電視劇實在是太常聽見！只要一不開心，動不動就會說「죽여 버릴 거야. 我要殺了你 (他)。」「죽이다 (原形)」本身是「殺」的意思，可以搭配不同文法來應用，例如：「죽여 버려. 我要殺了你 (他)。」「죽여 버리고 싶어. 我想殺了你 (他)。」

韓流都是這樣用

「미스티《謎霧》」中的臺詞：

高惠蘭 (고혜란)：두 번 다시 내 앞에 나타나지 마.

再也不要出現在我眼前。

唸法 du beon da-si nae a-pe na-ta-na-ji ma

李在榮 (이재영)：그럼 어쩔 건데 ?

如果出現了，你想怎樣？

唸法 geu-reom eo-jjeol geon-de

高惠蘭 (고혜란)：내가 너 죽여 버릴 거야.

我要殺了你。

唸法 nae-ga neo ju-gyeo beo-ril geo-ya

29. 나 좀 보자 借一步說話

唸法 na jom bo-ja

 你知道嗎?

「나 좀 보자.」是有話要跟對方説的時候使用,翻成「借一步説話」,時間點不一定是現在馬上,也可以在電話中説「이따 나 좀 보자. 晚點説説話吧。」

韓流都是這樣用

在「상속자들《繼承者們》」中,轉學生車恩尚(차은상)因貧窮身份處境困難,金潭(김탄)以「**나 좀 보자. 借一步說話。**」這句讓女主角解圍。

再學多一點

* 얘기 좀 해 .

跟我説一下話吧。

唸法 yae-gi jom hae

---

* 얘기 좀 할 수 있어?

可以跟你聊一下嗎?

唸法 yae-gi jom hal su i-sseo

30. 나 쪽팔리게 하지 마 不要讓我丢人現眼

(唸法) na jjok-pal-li-ge ha-ji ma

 你知道嗎？

「丢人現眼」這句話非常口語，原形為「쪽팔리다 丢臉」，一般想要説「好丢臉」，可以直接説「쪽팔려 .」。

韓流都是這樣用

「낭만닥터 김사부 2《浪漫醫生金師傅 2》」中，車恩彩 (차은재) 的母親，因兒子的醫療疏失問題到了車恩彩工作的醫院，為的是堵住説要告發醫療疏失的醫師徐優真 (서우진) 的嘴，車恩彩勸母親不要管哥哥的事情，最後落淚説「**나 쪽팔리게 하지 마 . 不要讓我丢人現眼。**」另外，再舉一部「구미호뎐《九尾狐傳》」中的應用方式吧，李硯 (이연) 和李朗 (이랑) 是關係不好的九尾狐兄弟，有一天，哥哥李硯到女主角南智雅 (남지아) 的家找弟弟李朗決鬥。以下為兩個兄弟間的對話：

李硯 : 사람을 대체 몇이나 죽인 거냐 ?

　　　你到底殺了多少人啊？

　　　(唸法) sa-ra-meul dae-che myeo-chi-na ju-gin geo-nya

李朗 : 나 지옥 갈까 봐 걱정돼서 그래 ?

　　　是擔心我下地獄嗎？

　　　(唸法) na ji-ok gal-kka bwa geok-jeong-dwae-seo geu-rae

李硯 : **쪽팔려**서 그런다 .

　　　是因為我丢臉！

　　　(唸法) jjok-pal-lyeo-seo geu-reon-da

31. 싫다니까 我就跟你說不要

(唸法) sil-ta-ni-kka

 你知道嗎？

「싫다니까」重覆告訴對方「不要」、「不喜歡」的時候使用。

韓流都是這樣用

在「별에서 온 그대《來自星星的你》」中，千頌伊 (천송이) 缺乏生活常識又愛上傳文章到社群網路服務平台 (簡稱 SNS) 常常鬧出笑話，於是經紀公司勸她退出 SNS，千頌伊帶有不耐煩的語氣回覆「**싫다니까 . 我就跟你說不要。**」如果仔細聽韓劇，會聽到常常有「- 다니까」結尾的句子，代表該句子是重覆說第二遍或以上，例如：「알았다니까 . 我跟你說我知道了」、「모른다니까 . 我就跟你說我不知道」、「맞다니까 . 我就跟你說對了」。

32. 이거 놔 放開我

唸法 i-geo nwa

 你知道嗎？

正確的寫法為「이거 놓아.」。韓國人很愛縮寫或省略句子，但是在寫文章或考試等書寫上是不能縮寫及省略的。

韓流都是這樣用

在韓劇裡使用「이거 놔.」的情況，可能會是與曖昧的對象、情侶間吵架時，女主角喜歡說「이거 놔.」或者是我們在前面提到韓國女生抓頭髮吵架的內容，被抓頭髮的人可以說「이거 놔.」如果還是不放開，又會多說一句「이거 안 놔? 你不給我放開嗎？」被綁架時也會說「이거 놔!」在「아내의 유혹《妻子的誘惑》」中，申艾莉（신애리）為兒子到了鄭橋彬（정교빈）的家，這時候鄭橋彬的家裡正好有閔筱希（민소희）在，於是鄭橋彬拉住申艾莉的手臂讓她趕快出去：

鄭橋彬：너랑 말 섞을 시간 없어.

沒時間跟妳說話。

唸法 neo-rang mal seo-kkeul si-gan eop-seo

얼른 나가! 얼른!

趕快出去，快！

唸法 eol-leun na-ga eol-leun!

申艾莉：**이거 놔!**

放開！

唸法 **i-geo nwa**

나가지 말라고 해도 내 발로 나갈 테니까.

就算你叫我不要走，我也會自己走出去的。

唸法 **na-ga-ji mal-la-go hae-do nae bal-lo na-gal te-ni-kka**

在上述的對話中，有一句「얼른」，它是「趕緊」、「快」的意思。

33. 어쩌겠어 還能怎樣

唸法 eo-jjeo-ge-sseo

 你知道嗎？

어쩌겠어 中文為「又有什麼辦法呢？」「還能怎樣？」。

韓流都是這樣用

套用「외과의사 봉달희《開朗醫生奉達熙》」的臺詞，李民宇 (이민우) 與朋友趙雅菈 (조아라) 的對話中提到，他拒絕了在一起三年的女友對他的求婚，趙雅菈問李民宇是否有其他心愛的女生，李民宇回答沒有，趙雅菈就說：

그럼 됐어.

那就好了。

唸法 geu-reom dwae-sseo

가서 진심으로 사과해.

去跟她真心道歉。

唸法 ga-seo jin-si-meu-ro sa-gwa-hae

어쩌겠어? 마음이 변한 건 할 수 없는 거지.

還能怎樣？ 變心這件事，拿它也沒辦法。

唸法 eo-jjeo-ge-sseo ma-eu-mi byeon-han geon hal su eom-neun geo-ji

在這對話裡的「사과해.」在前面有學過，是「道歉」的意思；另外，可以再學一句「그럼 됐어.」，中文翻成「那就算了。」「那就沒事了。」

* **어쩔 거야?**

  你想怎樣?

  唸法 eo-jjeol geo-ya

---

* **어쩌라고?**

  叫我怎樣?

  唸法 eo-jjeo-ra-go

---

* **어쩌다가?**

  怎麼搞的?

  唸法 eo-jjeo-da-ga

34. 싫으면 말고 不要就算了

（唸法）si-reu-myeon mal-go

 你知道嗎？

這句話用在好心提議，但對方的反應不怎麼樣的時候回覆「싫으면 말고.」。

韓流都是這樣用

這句可以在 2004 年的韓劇「발리에서 생긴 일《峇里島的日子》」中詳細了解其應用方式，這部韓劇是由河智苑（하지원）、蘇志燮（소지섭）、趙寅成（조인성）主演的，而且這部是趙寅成出道沒多久後拍的電視劇，拍完後變得爆紅了。崔英珠（최영주）不滿老公和前男友都喜歡女主角李水晶（이수정），於是故意到前男友的住處在李水晶面前打電話給老公，叫他來接她，李水晶看不下去就對崔英珠說「我送妳回去」，崔英珠面無表情沒有回應，李水晶最後尷尬地說一句「싫으면 말고. **不要就算了。**」

35. 착각하지 마 別誤會了

唸法 chak-ga-ka-ji ma

 你知道嗎？

是否有聽過「女生就是愛壞男人」這句話呢？在韓劇裡，壞男人對女生特別好、騙人家對他的真心，當女生對男生產生感情時，壞男人會說一句「**착각하지 마. 別誤會了。**」讓女生傷心。

韓流都是這樣用

「사이코지만 괜찮아《雖然是精神病但沒關係》」第四集裡的臺詞，文鋼太（문강태）對高文英（고문영）說：

아무것도 모르면서 나에 대해 다 안다고 다 이해한다고 착각하지 마.

明明什麼都不懂，不要誤以為對我什麼都懂、什麼都了解。

唸法 a-mu-geot-do mo-reu-myeon-seo na-e dae-hae da an-da-go da i-hae-han-da-go chak-ga-ka-ji ma

我們順便來學一句韓國人喜歡說的相關句子「착각은 자유」，直接翻成中文是「誤會是自由」，代表就算對方誤會也不能怪他，因為人人都有權利誤會他人。

36. 꿈도 꾸지 마 想都別想

唸法 kkum-do kku-ji ma

你知道嗎?

聽韓國人聊天時,會發現韓國人愛説「꿈 夢」相關的句子。此句「**꿈도 꾸지 마.**」字面上的意思是「連夢都不要去夢到」,意指「想都別想。」

韓流都是這樣用

相似的表達方式為「꿈 깨.」直翻成中文是「從夢中醒一醒」,就是叫對方「別做夢了。」在「펜트하우스《Penthouse》」第一集中,國中生為了進夢想中的清雅藝術高中而競爭,目中無人的劉珍妮(유제니)對著貧困的裴璐娜(배로나)説「**꿈도 꾸지 마.**」

你可能不知道

網路上有很多關於「解夢」的內容,那麼來説説韓國人是怎麼看待這些「꿈 夢」吧!在韓國有一個迷信是,當我們夢到豬(돼지꿈),就可以去買樂透,因為韓國人相信「돼지 豬」是好運的象徵。除了夢到豬,採到大便或夢到大便也相信這場夢會帶來財運。不過,不管夢到豬也好,夢到大便也好,若沒有好事發生,韓國人會説這是「개꿈 狗夢」,意指毫無意義的夢。

37. 꿈이야 생시야? 這是在做夢嗎？

唸法 kku-mi-ya saeng-si-ya

 你知道嗎？

在前面提到關於「夢」的內容，我們再來學一句「**꿈이야 생시야 ?**」直翻成中文為「這是夢，還是現實？」這句通常是自言自語。

韓流都是這樣用

在「오로라 공주《歐若拉公主》」中叫王如玉（왕여옥）的一個配角要和長得很帥的導演為了拍戲需要一起練舞，王如玉非常開心，自言自語的説「**꿈이야 생시야 ?**」這句不僅在韓劇裡聽到，在綜藝節目也會聽到喔，像是韓國藝人金希澈（김희철）聽聞當日的嘉賓是自己很喜歡的女偶像，自言自語的説了「**꿈이야 생시야 ?**」除了這句外，還有一種常見的表達方式是：「이거 꿈 아니지 ? 這不是夢吧 ?(我不是在做夢吧？)」有一部韓劇是講述一名女子誘拐仇人的女兒的故事，在某一集中這名女子生病，於是女兒幫媽媽煮粥，看到這場面後，這名女子覺得很心痛加上感動的情緒，而落淚問女兒「이거 꿈 아니지 ?」

38. 무슨 꿍꿍이야? 你在搞什麼鬼？

唸法 mu-seun kkung-kkung-i-ya

你知道嗎？

「꿍꿍이」為「搞鬼、陰謀、詭計」的意思，可以把此句理解為問對方「在謀劃什麼陰謀？」這句是半語，可以對平輩和晚輩，或者是自言自語的時候使用。「무슨 꿍꿍이야？」很口語，在一般的韓語學習書較少見，如果想用一般用語，則使用「무슨 생각이야？ 在想什麼？」「무슨 속셈이야？ 安的什麼心？」即可。

韓流都是這樣用

在晨間連續劇中，兒子的前女友陪自己的兒子出院，媽媽看到非常不開心，因為她覺得這前女友是有意圖的，於是問這名兒子的前女友「**무슨 속셈이야？**」女生還來不及回覆又多補一句「**무슨 꿍꿍이야？**」，前女友聽完反擊說「꿍꿍이라니요？什麼詭計？」這一句在「철인왕후《哲仁王后》」也有出現過，王妃對后宮趙花真 (조화진) 說「昨晚我有叫殿下去別宮睡，但不知殿下懷有什麼詭計，沒有去。」請參考這時王妃說的韓文臺詞：「무슨 꿍꿍이인지 별궁에 가라고 해도 안 가고 .」

39. 네가 사람이야? 你有沒有良心？

唸法 ne-ga sa-ra-mi-ya

 你知道嗎？

　　此句字面上的意思為「你是人嗎？」這一句是問對方「你到底有沒有良心？」這句還可以用直述句來説「넌 사람도 아니야. 你真沒良心。」直譯為「你不是人。」

韓流都是這樣用

　　以「펜트하우스《Penthouse》」為例，河恩星（하은별）得知閔雪娥（민설아）拿著自己曾經信任閔雪娥時對她説的秘密來威脅自己的媽媽千瑞璡（천서진），於是崩潰又憤怒的語氣對閔雪娥説**「네가 사람이야？你有沒有良心？」**通常，這種沒良心的人，韓國人會用「개보다도 못한 놈 連狗都不如」來形容。對韓國文化有興趣的人應該知道，韓國人喜歡用「개 狗」罵一個人，例如：「개자식 混帳」。除了罵人外，在俗語裡也常見喔！

再學多一點

　　來學個關於「개 狗」的韓國俗語吧！「개똥도 약에 쓰려면 없다.」字面上的意思為「狗屎想入藥也找不到。」意思就是隨處可見的東西在需要時很難找。例如，辦公室裡有很多不需要的空白紙，但在需要時剛好沒了，這時候韓國人就會説「개똥도 약에 쓰려면 없다더니.」這裡的「더니」用於引述別人説過的話時使用，通常前面接慣用語或俗語。

40. 가라 去吧、走開

(唸法) ga-ra

你知道嗎？

只要是聽到「라」結尾的句子，代表是命令句，有沒有「라」這一個字，對句子本身並不影響，只是加了之後更為強調。

韓流都是這樣用

「走開」、「滾開」這一句的韓文，通常聽到的是通俗的用法「꺼져 .」但是「가라 .」用法較廣泛，因為它不僅是「走開」的意思，還可以是告別用語「回去吧！」「回家吧！」。

在韓劇裡會看到兩種情況：第一種情況，對方讓我很煩、想打發他走；第二種情況，長輩對晚輩告別時說的句子。

再學多一點

「라」結尾的命令句：

* 자라 .
快睡吧。
(唸法) ja-ra

* 그만해라 .
夠了。
(唸法) geu-man-hae-ra

* 빨리 와라 .

趁快回來。

唸法 ppal-li wa-ra

---

* 이거 보면 연락해라 .

看到這封訊息，記得聯絡我。

唸法 i-geo bo-myeon yeol-la-kae-ra

41. 둘이 무슨 사이야 ? 你們是什麼關係 ?

唸法 du-ri mu-seun sa-i-ya

 你知道嗎 ?

「둘이 무슨 사이야 ?」在韓劇裡實在是太常見！它可以是純粹好奇問「兩個人怎麼認識 ?」也可以是詢問異性之間的關係。不少韓國人,如果是在同校園、同公司戀愛,其實是不想被周圍的同學或同事知道的,為的是避免分手後的尷尬。

韓流都是這樣用

韓劇就是愛演搞曖昧的劇情,要不然就是隱瞞周邊人偷偷談戀愛但又太明顯而被發現,這時候附近的人就會問「**둘이 무슨 사이야 ? 你們是什麼關係 ?**」

再學多一點

* **전여친 (전 여자 친구)**
前女友 (前女朋友)
唸法 jeo-nyeo-chin (jeon yeo-ja chin-gu)

* **전남친 (전 남자 친구)**
前男友 (前男朋友)
唸法 jeon-nam-chin (jeon nam-ja chin-gu)

* **썸 타다**
搞曖昧
唸法 sseom ta-da

* 썸남

暧昧男（與自己暧昧的男性對象）

 唸法 sseom-nam

---

* 썸녀

暧昧女（與自己暧昧的女性對象）

 唸法 sseom-nyeo

 你可能不知道

　　是否有聽過「어장관리 管理魚場」這一個單字呢？它是形容一個人不是想要認真與對方在一起，而是想要與很多異性朋友保持暧昧的關係，甚至備胎也有可能，這時候韓國人會把這情況以「魚」和「魚場（養殖場）」來比喻。在某一網路劇說到「**어장관리**하다가 머리채 잡혔다. 因為**管理魚場**，結果被抓到頭髮。」句子中的「머리채」在第 15 句提到過，是「頭髮」的意思。

42. 용 됐네 出息了

唸法 yong dwaen-ne

 你知道嗎？

「용 됐네」這句是韓國的慣用語，表示不怎麼樣的人變得很厲害。

韓流都是這樣用

中文會使用「麻雀變鳳凰」來形容，韓文會用「용 龍」形容一個人出息。除了慣用語「용 됐네 .」外，還有一句俗語：「개천에서 용 난다 .」字面上的意思是小溪裡出了龍，意指「老鴝窩裡出鳳凰。」

你可能不知道

我們來看看關於動物的慣用語：

1. 독 안에 든 쥐

   甕中之鱉 (直譯：甕裡的老鼠)

   唸法 dok a-ne deun jwi

   쥐「老鼠」

2. 쥐도 새도 모르게

   神不知，鬼不覺 (直譯：不讓老鼠與鳥知道)

   唸法 jwi-do sae-do mo-reu-ge

   쥐「老鼠」；새「鳥」

43. 말이 되는 소릴 해 説個像樣的話吧

(唸法) ma-ri doe-neun so-ril hae

你知道嗎？

「말이 되는 소릴 해」字面上的意思為「説個像樣的話吧」，對方説的話不合理的時候使用。

韓流都是這樣用

「연애의 발견《戀愛的發現》」講述了開始新戀情的女主角和她的現任男友、後悔分手的男主角 (前男友) 之間發生的愛情故事。在這部劇裡男主角與女主角常常吵架，有一天，女主角説：「헤어지자. 分手吧。」男主角不耐煩的回覆：「말이 되는 소릴 해. 説個像樣的話吧。」因為男主角認為就算常常吵架，也不應該提分手。

44. 됐거든? 不用了

(唸法) dwaet-geo-deun

你知道嗎？

「- 거든」結尾的句子語氣要稍微注意，這是告訴對方所不知道的事情、與對方有不同意見的時候使用的語尾，所以對年長者不太會使用到；在吵架的時候也會常聽到「- 거든」結尾的句子。「됐거든?」後面可以打問號，也可以選擇寫句點「됐거든.」；若打問號，中文可以翻成「我不需要，好嗎?」，所以語氣上不是那麼客氣。一般在韓劇裡都愛說「됐거든? 네 도움 필요없어. 不用了，我不需要你的幫忙。」

除了語氣強烈的「됐거든?」外，還可以使用「됐다.」「됐어.」意思是一樣的，不過「됐다.」有個有趣的用法，說話說到一半不想繼續說下去的時候，可以使用「됐다. 算了。」

韓流都是這樣用

以朝鮮時代為背景的「구르미 그린 달빛《雲畫的月光》」中，洪羅溫（홍라온）和王世子剛好遇到天燈祭典，於是洪羅溫對王世子說：「얼른 적어 보십시오. 소원. 請快寫上去吧，您的願望。」「난 됐다. 我就不用了。」

再學多一點

* 아니거든?

並不是這樣，好嗎？

(唸法) a-ni-geo-deun

* 맞거든?

  我說的沒錯，好嗎？

  唸法 mat-geo-deun

* 모르거든?

  我根本不知道，好嗎？

  唸法 mo-reu-geo-deun

 你可能不知道

　　天燈的韓文為「풍등」、「천등」。其實，韓國當地是沒有放天燈的文化，自從韓國綜藝節目「꽃보다 할배《花漾爺爺》」來臺灣拍攝取景後，才受到眾多韓國人的喜愛。放天燈的平溪，已成為韓國觀光客來臺必去的觀光景點之一。

45. 자존심 상해 傷到自尊心了

唸法 ja-jon-sim sang-hae

你知道嗎？

「자존심이 상하다 (原形)」，意指傷自尊心。在韓劇裡的男生都愛面子，所以常會聽到關於「자존심 自尊心」的句子，尤其是富二代要和貧窮的女主角告白時都說一句「我不要了我的自尊心‧‧‧‧‧‧」。

韓流都是這樣用

我們來回想在「황후의 품격《皇后的品格》」中有趣的一段劇情吧！自認為是語文天才的雅麗公主 (아리공주) 聽到她完全聽不懂的方言，就哭著說了這句「자존심 상해 . 傷到自尊心了。」

再學多一點

* 넌 자존심도 없냐 ?
  你沒有自尊心嗎？
  唸法 neon ja-jon-sim-do eom-nya

* 자존심 버리고 ...
  我不要我的自尊心‧‧‧‧‧‧
  唸法 ja-jon-sim beo-ri-go

* 내 자존심을 걸고 ...
  我賭上了自尊心，‧‧‧‧‧‧
  唸法 nae ja-jon-si-meul geol-go

第三句「내 자존심을 걸고」這句用於對某件事情很有把握、想告訴對方對於某件事情的決心時使用。

46. 밥이 넘어가냐? 吃得下飯嗎?

唸法 ba-bi neo-meo-ga-nya

 你知道嗎?

「밥이 넘어가냐?」並不是真的關心吃不吃得下飯,而是詢問「在這糟糕的情況下,你還有心情、臉吃飯嗎?」。再更有趣一點的說法是,在這一句裡多加「목구멍 喉嚨」變成「목구멍에 밥이 넘어가냐?」即可!

韓流都是這樣用

在「발리에서 생긴 일《峇里島的日子》」中,因女主角(河智苑)與女主角的好友生活非常貧困、很愛錢,有一天女主角帶著男主角(趙寅成)的信用卡請好友吃飯,好友看到昂貴的價位驚嚇地說:

너 미쳤어?

你瘋啦?

唸法 neo mi-cyeo-sseo

밥 한 끼에 7 만 5 천 원짜리가 **목구멍에 넘어가냐**?

一頓 7 萬 5 千元的飯,**你吃得下嗎?**

唸法 bop han kki-e chil-man o-cheon won-jja-ri-ga mok-gu-meong-e neo-meo-ga-nya

最後一句直翻成中文為「7 萬 5 千元的飯,吞得下喉嚨去嗎?」是一種有趣的表達方式。

47. 나오지 마 不用送了

(唸法) na-o-ji ma

你知道嗎？

「나오지 마」字面上的意思為「不要出來」，也就是指「不用送了」。要離開某個場所時，離開的人通常說「나오지 마, 갈게. 不用送我，我走了。」

韓流都是這樣用

講到接送，看韓劇時是否注意過「도어락 電子鎖」呢？只要知道密碼，不管是屋主還是其他人都能隨便進出。在韓國使用電子鎖的房子很多，但是它的缺點是關門後要等幾秒，門才會鎖起來，所以造成各種犯案；在有些韓劇裡會看到喝醉酒，跑去按鄰居家的電子鎖吵到別人，害鄰居以為是小偷。

48. 내가 쏠게 我請客

唸法 nae-ga ssol-ge

 **你知道嗎？**

　　説明「내가 쏠게.」前，先來分享一件韓國與臺灣非常不同的文化吧！臺灣人習慣各付各的文化，但是在韓國比較不會分開付錢，通常是有一個人請客、被請客的人會請喝咖啡或下次換另一個人請客；如果與年紀大的人（大一歲也算在內）用餐，都會是年紀大的那個人出錢，所以韓國人開玩笑地説，年長者永遠都是吃虧的。

韓流都是這樣用

　　在聚餐中，決定要請客的人可以説「내가 쏠게. 我請客。」或「내가 쏜다.」兩者意思相同。

再學多一點

* **네가 쏘는 거지 ?**
　是你請客，對吧？
　唸法 ne-ga sso-neun geo-ji

* **잘 먹었어 .**
　謝謝你的招待（我吃飽了）。
　唸法 jal meo-geo-sseo

* **더치페이하자 .**
　各付各的吧。
　唸法 deo-chi-pe-i-ha-ja

49. 끊을게 我要掛囉

唸法 kkeu-neul-ge

你知道嗎？

和朋友之間講完電話就會說「**끊을게**. 我要掛囉。」或「끊어. 掛囉。」很多時候是根本不說要掛電話，講完重點後說一句「嗯、好。」‧‧‧‧‧‧就掛了，所以造成不少外國人的困惑。

韓流都是這樣用

除了此句之外，再來學一個有趣的表達方式：「들어가세요.」它也是在掛電話的時候使用，只是晚輩對長輩或者是老一輩子的人喜歡說，所以在白天的日日連續劇會容易聽到。

那麼，「들어가세요.」是什麼意思呢？直接翻成中文為「請回去吧、請進去吧。」到底要我們進去哪裡？來了解這句的由來吧！以前不是所有家庭都有電話，有時候要到其他地方借用電話，這時候掛電話就會跟對方說「趕快回家、回房間吧。」這就是掛電話時為何跟對方說「請回」的原因。

再學多一點

* 여보세요？

喂？

唸法 yeo-bo-se-yo

* 뭐라고요 ?

你説什麼？

唸法 mwo-ra-go-yo

---

* 안녕히 계세요 .

（掛電話時）再見。

唸法 an-nyeong-hi gye-se-yo

50. 한 입만 我要吃一口

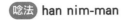 唸法 han nim-man

你知道嗎？

　　曾經有個有趣的調查：「什麼樣的人最討人厭？」韓國人回答「吃泡麵時在旁邊說『한 입만．我要吃一口。』」的人。這到底為何會討人厭呢？平常煮泡麵前，會問家人或在旁的朋友要不要順便幫忙煮一包，一般都會拒絕說「不用」，但是一旦聞到泡麵的味道忍不住會要一口來吃。

韓流都是這樣用

　　這種普遍發生的事情，會反映在韓劇裡。另外，歌手 Rain 在綜藝節目上說過，他對老婆金泰希（김태희）說過，在他吃東西時絕對不能在旁邊說「한 입만．」他說這就是他們家的家規。

51. 어제 잘 들어갔어? 昨天平安到家了嗎？

唸法 eo-je jal deu-reo-ga-sseo

 你知道嗎？

　　劇中多半是曖昧的對象會問的問題，其實，不一定是曖昧關係才能使用。像是聚餐後的隔天、即便沒有和朋友見面，但知道朋友昨天在外面玩樂的時候也都可以用此句喔！

韓流都是這樣用

　　「하이에나《Hyena：富豪辯護人》」第八集中，女主角鄭金資（정금자）喝酒狂吻男主角尹熙材（윤희재）後的隔天早上遇上，鄭金資覺得非常的尷尬，但是尹熙材若無其事地問「**어제 잘 들어갔어?** 숙취는 없고? 昨天有平安回到家嗎？沒宿醉嗎？」這句是半語，如果對方是我們需要使用敬語的對象，則最後多加一個「요」即可。

52. 계세요? 在嗎？

唸法 gye-se-yo

 你知道嗎？

進到室內或在某個地方找不到人的時候說「**계세요？在嗎？**」。

韓流都是這樣用

在「시크릿 가든《秘密花園》」中，金洙元(김주원)和吉羅琳(길라임)喝了奇怪的酒，發生了奇怪的事情，靈魂就互換了。在有這件事情前，金洙元、吉羅琳、奧斯卡(오스카)三人比賽野地自行車，吉羅琳在半路失蹤，洙元尋找她，之後兩人進到山莊裡卻半個人都沒看到，走進去的時候說「**계세요？在嗎？**」「실례합니다.打擾了(失禮了)。」

53. 사람 그렇게 안 봤는데 沒想到你是這種人

唸法 sa-ram geu-reo-ke an bwan-neun-de

 你知道嗎？

此句會用於知道某個人的真面目時使用，意思為「沒想到你(他)會是這種人」、「你(他)居然會是這種人」。

韓流都是這樣用

舉兩個韓國節目為例：「《VIP》」中百貨公司副社長的私生女兒溫宥利(온유리)當上課長後，對同事的態度反差很大，引起其他人在背後説**「사람 그렇게 안 봤는데. 沒想到會是這種人。」**

要介紹的另一部是韓國的喜劇「지붕 뚫고 하이킥《穿透屋頂的 High Kick》」，扮演著白目角色的鄭寶石(정보석)因睡覺沒能和家人一起去吃自己愛吃的鮑魚刺身，所以就來怪幫傭申世景(신세경)，並責怪她是故意沒有叫醒他，又説「세경 씨 **그렇게 안 봤는데** 정말 무서운 사람이네. 世景小姐，**我沒想到妳居然是這種人**，真可怕呀！」因為這部喜劇非常紅，所以這句臺詞成了流行語、也成為這部喜劇的經典臺詞，只要在韓國網頁上打「세경 世景」，搜尋建議會自動出現「그렇게 안 봤는데」。

54. 내가 뭐 어쨌는데? 我又怎樣？

 唸法 nae-ga mwo eo-jjaen-neun-de

你知道嗎？

使用於不懂對方為何要這樣對待自己，會帶有疑問、煩躁的語氣在。

韓流都是這樣用

　　「치즈인더트랩《奶酪陷阱》」第十四集中，白仁荷（백인하）傳訊息給劉正（유정）：「너 아저씨한테 뭐라고 한 거야? 你跟大叔說了什麼？요즘 대체 나한테 왜 그러셔? 最近到底為何對我這樣？」劉正回「네가 그동안 한 짓을 생각해 봐. 妳想想看這段時間妳都做些什麼？」白仁荷看到訊息後自言自語「내가 뭐 어쨌는데? 我又怎樣？」

55. 여기서 이러지 마요　不要在這裡這樣了

唸法 yeo-gi-seo i-reo-ji ma-yo

 你知道嗎？

阻止別人做某件事情、對方做了些丟人現眼的事情時會説的句子。

韓流都是這樣用

喝酒後隨地嘔吐、在路上哭鬧‧‧‧‧‧等情況，這些人韓文叫「진상」（比喻影響他人、給他人不舒服的感覺的人；中文可翻成「機車、奧客」）。在應用這句時，「여기서 在這裡」可以拿掉讓句子變成「이러지 마요. 不要這樣。」

56. 진심이야　這是真心

唸法 jin-si-mi-ya

 你知道嗎？

比起「진짜야. 是真的。」「정말이야. 是真的。」有更真誠的感覺。

韓流都是這樣用

「김비서가 왜 그럴까《金秘書為何那樣》」中李英俊（이영준）給金秘書一個月的交接時間，另外又説「그동안 고마웠어. 이건 **진심이야**. 這段時間謝謝你，這是**真心話**。」 告白、詢問對方是否真心時都可以使用。

57. 무슨 짓이야? 這是在做什麼？

唸法 mu-seun ji-si-ya

 你知道嗎？

使用「무슨 짓이야?」的時候有一點是必須要注意的，句子中的「짓行為」一般都是指不好的行為、舉動喔！

韓流都是這樣用

「시크릿 가든《秘密花園》」的女主角吉羅琳（길라임）在劇中扮演特技替身演員，男主角金洙元（김주원）剛認識吉羅琳時，問到為何要當特技演員，是不是頭腦不太好；吉羅琳回答：「因為在這種情況下很管用。」講完這一句就踢他一腳，金洙元就說「**무슨 짓이야? 這是在做什麼？** 왜 때려? 為什麼打（踢）我？」

58. 솔직히 老實說

(唸法) sol-ji-ki

 你知道嗎？

「솔직히」是「說實話、老實說」的意思。

韓流都是這樣用

以下為「지붕 뚫고 하이킥《穿透屋頂的 High Kick》」中黃正音 (황정음) 喝醉酒幻想李智勳 (이지훈) 跟自己告白時，李智勳的臺詞：

솔직히 말할게요 .

老實說，

(唸法) sol-ji-ki mal-hal-ge-yo

정음 씨 처음 봤을 때부터 관심 있었어요 .

從第一眼看到正音，就對你很有興趣。

(唸法) jeong-eum ssi cheo-eum bwa-sseul ttae-bu-teo gwan-sim i-sseo-sseo-yo

可以以「솔직히 ••••• 」、「솔직히 말해서 ••••• 」、「솔직히 말할게요 . 」的方式來應用。

59. 개소리하지 마 不要講屁話

唸法 gae-so-ri-ha-ji ma

 你知道嗎？

「개소리」指屁話、胡說八道、瞎扯的意思。此句不僅在韓劇裡，還會在韓綜、電影裡常常聽到喔！

韓流都是這樣用

我們在上面提到過韓國人喜歡使用「개 狗」這一單字，在這句又出現了。當我們聽到荒謬的話之後，還可以應用為：「이게 뭔 개소리야？這又是什麼鬼話？」因為這句出現在電影中，後來被製作成有趣的貼圖，至今有許多韓國網友使用這搞笑的貼圖。

60. 너 이제 어쩔래 ? 你要怎麼辦?

唸法 neo i-je eo-jjeol-lae

 你知道嗎?

「어쩔래?」除了詢問對方「有何打算」外,還有一個有趣的用法,就是嗆對方「要怎麼負責」。例如,在韓國疫情還很嚴重的時候有個新聞報導,影片裡的人不戴口罩進捷運站被站務人員阻擋,這時沒戴口罩的人大吼說:「코로나 아니면 **어쩔래?** 如果我沒有得新冠肺炎,你要怎麼對我負責!」

韓流都是這樣用

舉二個韓劇裡的應用吧!一對夫妻離婚時,女生對男生說了這麼一句話「내 인생 **어쩔래?**」意思是「你要怎麼對我過去的人生負責?」因為女生認為如果沒有與這男生結婚,她或許有更美好的人生。

另外在「주군의 태양《主君的太陽》」中的男主角朱中元 (주중원) 對太恭實 (태공실) 說了這麼一句話:

「내가 너를 사랑하나 봐 . 我似乎愛上你了。」「**너 이제 어쩔래? 你要怎麼負責?**」第一次聽到這句臺詞的時候,我以為男主角是說「나 이제 어쩌냐? 我該如何是好?」後來聽第二次才發現並不是問「我該如何是好?」,而是問「女主角」要怎麼負責,因為韓劇很愛演男主角告白時問女主角「我愛上妳了,這到底該如何是好」。

61. 그쪽이나 신경쓰세요 你管好你自己

(唸法) geu-jjo-gi-na sin-gyeong-sseu-se-yo

 你知道嗎？

「신경쓰다」指操心、費心、關心。「신경」單獨兩個字是神經的意思，有個有趣的單字可以學起來！指愛發脾氣的人，韓文叫「신경질쟁이」，在第 7 句的補充裡學過「 - 쟁이」結尾的幾個單字（「거짓말쟁이 騙子」、「수다쟁이 長舌婦」、「따라쟁이 學人精」），「 - 쟁이」是用於表示某人具有前面名詞的性質時使用。

韓流都是這樣用

「괜찮아, 사랑이야《沒關係，是愛情啊》」第一集中，小說家張宰烈（장재열）和精神科醫師池海秀（지해수）被邀請參加 TV 脫口秀，而且兩人是第一次見面。以下為兩人的對話：

張宰烈：떨리세요？

很緊張嗎？

(唸法) tteol-li-se-yo

그게 호흡을 하시면 도움이 되는데 .

深呼吸會有幫助的。

(唸法) geu-ge ho-heu-beul ha-si-myeon do-u-mi doe-neun-de

池海秀：**그쪽이나 신경쓰세요 .**

請你管好自己吧。

(唸法) geu-jjo-gi-na sin-gyeong-sseu-se-yo

張宰烈：내가 뭐 잘못했어요？

我哪裡做錯了嗎？

唸法 nae-ga mwo jal-mo-tae-sseo-yo

그랬다면 사과하려고 .

如果是這樣，我想跟妳道歉。

唸法 geu-raet-da-myeon sa-gwa-ha-ryeo-go

你可能不知道

　　在先前有學過最後一句「道歉」的韓文「사과」又出現了。另外，關於「你」的韓文，在電視臺聽到的是「너」，但是「너」只能用於平輩和晚輩身上！「先生、小姐」的韓文為「___ 씨」，前面要加人名，如果對方是陌生人，當然不可能會知道對方的名字，這時候韓國人選擇不說「你」或者是說「그쪽」，所以第一次見面的池海秀對張宰烈說了「그쪽」。

🎧TRACK 062

62. 제법이다 還不錯嘛

唸法 je-beo-bi-da

 你知道嗎？

　　指實力達到了不錯的水平，比想像中做的還要不錯、超乎了想像時可以使用「**제법이다** . 還不錯嘛。」

韓流都是這樣用

　　在「치즈인더트랩《奶酪陷阱》」，白仁荷 (백인하) 對洪雪 (홍설) 說了這麼一句：「딴 남자랑 술도 마시고 **제법이다**？和其他男生喝酒，**還不錯嘛！**」

63. 내가 묻고 싶은 말인데 是我要問你的吧

唸法 nae-ga mut-go si-peun ma-rin-de

 你知道嗎？

「내가 묻고 싶은 말인데」中文為「是我想問你的問題、是我要問你的吧」。

韓流都是這樣用

這次來看改編英國電視劇《佛斯特醫生》的韓劇「부부의 세계《夫婦的世界》」，李泰伍（이태오）呂多景（여다경）夫妻回到原本住的地方，邀請身邊人舉辦了家庭派對，池善雨（지선우）在外吃晚餐，看到李泰伍與兒子李俊英的合照後直奔到晚宴現場。呂多景當所有人面前對池善雨說：「어떻게 여기까지 올 생각을 하셨어요？你怎麼會想到要來這裡？（你怎麼敢來這？）」池善雨：「내가 묻고 싶은 말인데. 是我要問妳的。」 因為池善雨和李泰伍離婚全都是因為小三呂多景。

64. 똑똑히 들어 你給我聽好

(唸法) ttok-tto-ki deu-reo

 你知道嗎？

「똑똑히」指清楚、明顯、正確的意思。

韓流都是這樣用

　　韓國灑狗血劇的歷史或許是從「아내의 유혹《妻子的誘惑》」開始的，壞男人鄭橋彬（정교빈）厭倦了第二個老婆申艾莉（신애리），愛上前妻化身的閔筱希（민소희），而與申艾莉的婚姻出了問題，於是申艾莉警告鄭橋彬，一開頭就說「**똑똑히 들어！你給我聽好！**」所以這句話是在警告對方的時候會聽到的句子。

再學多一點

* 똑똑히 봐 .
　　你給我看好了。
(唸法) ttok-tto-ki bwa

* 똑똑히 들었어 .
　　我聽得一清二楚。
(唸法) ttok-tto-ki deu-reo-sseo

* 똑똑히 봤어 .
　　我看得一清二楚。
(唸法) ttok-tto-ki bwa-sseo

65. 나 지금 아무 말도 듣고 싶지 않거든

我現在什麼話都不想聽

唸法 na ji-geum a-mu mal-do deut-go sip-ji an-keo-deun

 你知道嗎?

「나 지금 아무 말도 듣고 싶지 않거든」是沒有心情聽對方辯解時使用的句子,我們在前面提到語尾「-거든」的其中一個用法,是與對方有不同見解、告訴對方所不知道的事情上;所以這句是告訴對方「我現在沒有這個心情聽你說」。

韓流都是這樣用

「별에서 온 그대《來自星星的你》」的男主角都敏俊 (도민준) 是變老速度非常慢的外星人,千頌伊 (천송이) 擔心自己老化速度比都敏俊還要快,之後變成老奶奶 (할머니),這樣對她來說不是好結局。都敏俊不斷地說了討好千頌伊的話,結果千頌伊回「나 지금 아무 말도 듣고 싶지 않거든. **我現在什麼話都不想聽**」轉身離開了。回到家裡馬上敷面膜自言自語地說「이걸로 되겠어 ? 這樣夠嗎 ?」「아 , 나 망했어. 啊,慘了。」

66. 어떻게 알아요? 怎麼知道？

 唸法 eo-tteo-ke a-ra-yo

你知道嗎？

「어떻게 알아요?」有兩種不同意思，第一種是字面上的意思「（你）怎麼知道？」第二種是問對方「你怎麼認識（那個人）的？」這句沒有主詞，所以不一定是詢問對方，也有可能是説「『我』怎麼知道？」韓國人在説話或寫文章時喜歡省略主詞，很多時候要看前後文才能知道到底主詞是誰。

韓流都是這樣用

在「태양의 후예《太陽的後裔》」中的應用，姜暮煙（강모연）問劉時鎮（유시진）:「명주랑 **어떻게 알아요?** 你和明珠**怎麼認識的？**」明珠是她的學妹，她好奇劉時鎮到底怎麼會和她學妹認識，這時的「어떻게 알아요?」可以理解為「怎麼認識？」

67. 요즘 자주 보네 最近常看到你

唸法 yo-jeum ja-ju bo-ne

 你知道嗎？

「요즘 자주 보네」可以是搭訕別人的時候說的話；也可以是個非常可怕的句子。

韓流都是這樣用

為什麼「요즘 자주 보네」是非常可怕的句子呢？簡單地介紹一部韓劇「싸인《Sign》」，這部是以法醫官為題材的電視劇，在第一集有一名巨星突然死亡，法醫官的男主角去追查死亡原因的內容。在劇中演反派的李明翰（이명한）野心過大、想要有更大的權力改造國科搜（全名：國立科學搜查研究院），他知道殺害巨星的兇手是總統候選人的女兒，於是與候選人以保密為交換條件當上了院長。男主角尹志勳（윤지훈）個性剛烈、直率，與院長相反。尹志勳知道這案件必有內幕，原本這巨星的驗屍官是尹志勳，結果被換為院長驗屍，一進到驗屍室的院長笑著對尹志勳說「요즘 자주 보네？」院長微笑並說此句的場面令人毛骨悚然。

68. 나 안 보고 싶었어? 沒有想我嗎？

(唸法) na an bo-go si-peo-sseo

你知道嗎？

聽韓國人說話會發現，韓文有很多句子是使用否定的方式表達，例如，在點餐時「더 필요한 건 없으세요?」直譯是「沒有需要其他的嗎？」其實就是問「需要其他的嗎？」。

韓流都是這樣用

所以有些人會把「有想我嗎？」改成否定的方式「**나 안 보고 싶었어？沒有想我嗎？**」來問對方，當然用肯定句「나 보고 싶었어？有想我嗎？」也是可以的。

69. 그걸 지금 말이라고 你講這個不是屁話嗎？

唸法 geu-geol ji-geum ma-ri-ra-go

你知道嗎？

這句會有兩種不一樣的解釋，第一種「你講這個不是屁話嗎？」第二種「怎麼可能？」。

韓流都是這樣用

第二種用法在字面上或許比較難理解，我們就從「태양의 후예《太陽的後裔》」中了解其用法吧！姜暮煙 (강모연) 不小心採到地雷快被嚇死，劉時鎮 (유시진) 開玩笑地說：「지뢰 밟고 산 사람 못 봤어요 . 我沒看到踩到地雷後生存下來的人。」姜暮煙：「**그걸 지금 말이라고 .**」姜暮煙的這句就能翻成「怎麼可能？」了。

70. 쪽팔려 丟臉

(唸法) jjok-pal-lyeo

 你知道嗎？

　　先前第 30 句學過「쪽팔리게 하지 마 . 不要丟人現眼。」現在要看類似的句子「**쪽팔려 .** 丟臉。」關於丟臉還有其他表達方式，例如，「창피해 .」但是「**쪽팔려 .**」更為口語，很多時候只是自言自語。

韓流都是這樣用

　　來學一個與「쪽팔려 .」相關的新造語「이불킥」，直接從字面上翻譯的話是「棉被 kick」意思是當我們做些丟臉的事情後，睡前躺在床上會突然想到這些蠢事而忍不住踢棉被，這種行為就叫「이불킥」。

71. 듣고 있어? 你有在聽我説嗎?

唸法 deut-go i-sseo

你知道嗎?

如果對方沒有認真在聽、想別的事情的時候,我們就要説一句「듣고 있어? 你有在聽我説嗎?」(直譯:正在聽嗎?)

韓流都是這樣用

有些時候前面多加「내 말 我的話」後,讓句子變成「내 말 듣고 있어?」會更完整。

再學多一點

* 무슨 생각해?
  在想什麼?
  唸法 mu-seun saeng-ga-kae

* 내 말 알겠어?
  聽懂我在説什麼嗎?
  唸法 nae mal al-ge-sseo

* 그게 무슨 말이야?
  是什麼意思?
  唸法 geu-ge mu-seun ma-ri-ya

72. 머리부터 발끝까지 從頭到尾

(唸法) meo-ri-bu-teo bal-kkeut-kka-ji

 你知道嗎？

「머리부터 발끝까지」字面上的意思為從頭到腳尖，也就是從頭到尾、全身的意思。

韓流都是這樣用

金鍾國（김종국）有一首經典歌叫사랑스러워（可愛），裡面的歌詞不斷的重複「**머리부터 발끝까지** 다 사랑스러워 從頭到腳尖」那麼，這句在韓劇裡怎麼出現呢？以下為「구미호뎐《九尾狐傳》」中李朗（이랑）剛見面完女主角南智雅（남지아）回到車上後與奇宥利（기유리）的對話：

李朗：나 그 여자 마음에 들어.

　　　我喜歡那個女生。

　　　(唸法) na geu yeo-ja ma-eu-me deu-reo

奇宥利：어디가요？

　　　　喜歡她的哪裡？

　　　　(唸法) eo-di-ga-yo

李朗：**머리부터 발끝까지** 다.

　　　從頭到腳尖，全部。

　　　(唸法) meo-ri-bu-teo bal-kkeut-kka-ji da

73. 사양할게 我拒絕

唸法 sa-yang-hal-ge

 你知道嗎？

「사양할게」為謝絕、拒絕的意思。

韓流都是這樣用

在「상속자들《繼承者們》」中，轉學生車恩尚（차은상）自我介紹時，說「관심은 **사양할게** . **謝絕**你們的關心。」同一部劇裡，劉瑞秋（유라헬）打給車恩尚，叫她拿東西到自己所在的地方，最後給車恩尚韓幣十萬元的跑腿費，還說了「사양은 말고 . 不用拒絕。」表示不要拒絕這跑腿費。

74. 뽑아 주시면 열심히 하겠습니다
只要錄取我，一定會認真的

(唸法) ppo-ba ju-si-myeon yeol-sim-hi ha-get-seum-ni-da

 **你知道嗎？**

　　面試結束後，面試官最後都會問「마지막으로 하고 싶은 말 없으세요？最後有什麼話想說嗎？」通常回答「**뽑아 주시면 열심히 하겠습니다**. 只要錄取我，我一定會認真的。」

韓流都是這樣用

　　「김비서가 왜 그럴까《金秘書為何那樣》」裡，因秘書金微笑 (김미소) 提離職，老闆李英俊 (이영준) 為了招募新秘書舉辦了面試，面試者説「**뽑아 주시면 열심히 하겠습니다**.」李英俊馬上回「합격！過關！」如果有計畫應徵韓國公司，可以把這句背下來！

75. 내 마음이야 你管我

(唸法) nae ma-eu-mi-ya

 你知道嗎？

「내 마음이야」意指隨我便、你管我。

韓流都是這樣用

以下為「사랑의 불시착《愛的迫降》」中喝醉酒的徐丹（서단）和具承俊（구승준）的對話：

具承俊：그만 마셔요. 몇 잔째야.

別再喝了，都已經幾杯了。

(唸法) geu-man ma-syeo-yo　myeot　jan-jjae-ya

徐丹：내가 취한 것 같니？

你覺得我喝醉了嗎？

(唸法) nae-ga chwi-han geot gan-ni

具承俊：네.

是的。

(唸法) ne

徐丹：이 새끼가 뭘 좀 아네.

這小子蠻懂的嘛。

(唸法) i sae-kki-ga mwol jom a-ne

具承俊：갑자기 욕은 좀...

　　　突然罵髒話就有點‥‥‥。

　　　唸法 gap-ja-gi yo-geun jom

徐丹：야！내 마음이야.

　　　欸！你管我。

　　　唸法 ya nae ma-eu-mi-ya

因為「새끼 小子」是不太優雅的詞彙，所以韓國人會把它當「욕 髒話」。

76. 내가 널 얼마나 믿었는데 我是多麼地相信你

唸法 nae-ga neol eol-ma-na mi-deon-neun-de

你知道嗎？

　　被信任、依賴的人背叛的時候使用的句子，中文為「我之前是多麼地相信你‧‧‧‧‧可你居然！」這句的開頭「내가 널 얼마나 我多麼地」可以套不同的動詞應用。

韓流都是這樣用

　　「내가 널 얼마나 사랑하는데 我有多麼地愛你」、「내가 널 얼마나 아끼는데 我有多麼地珍惜你」，不僅在劇裡，在韓文歌裡也常出現。

77. 나이가 몇 살인데 都幾歲了

(唸法) na-i-ga myeot sa-rin-de

 你知道嗎？

「나이가 몇 살인데」用在不管是說話者或者是其他人，要做自己不想做、做出了不合年紀的幼稚行為時使用。

韓流都是這樣用

在「별에서 온 그대《來自星星的你》」中，千頌伊 (천송이) 的弟弟千允才 (천윤재) 看電影《E.T. 外星人》，被姐姐千頌伊打頭的同時，聽到了此句「**나이가 몇 살인데 . 都幾歲了。**」意思為千允才這個年紀已經過了看《E.T. 外星人》的年紀。

78. 나 예뻐? 我美嗎?

唸法 na ye-ppeo

你知道嗎?

　　這句在綜藝節目、韓劇都常見,尤其是女生對自己的老公或男朋友常常問「나 예뻐? 我美嗎?」這個問題的答案是固定的,一定要回答「응, 예뻐! 對,漂亮啊!」很多男生只要說女朋友很漂亮的時候就會說「김태희보다 예뻐! 你比金泰希還要美!」為什麼是「김태희 金泰希」呢?那是因為金泰希就是韓國人認為最美麗的韓國明星!一些女生想故意捉弄男朋友時,故意問「김태희가 예뻐? 내가 예뻐? 金泰希漂亮?還是我漂亮?」來刁難男朋友。

韓流都是這樣用

　　除了金泰希之外,還有「전지현 全智賢」、「한가인 韓佳人」也是韓國大美女。韓國知名女子團體 Wonder Girls 的歌曲 "So Hot" 中,有一段有趣的歌詞:「섹시한 내 눈은 고소영 我性感的眼睛像高素榮」;「고소영 高素榮」是韓國女巨星,這反映了韓國人喜歡拿藝人形容他人的長相。

你可能不知道

　　不少人對於「예뻐 漂亮」這一個發音感到疑問,因為字面上和實際上在電視裡聽到的發音或許會不太一樣,電視裡聽到的多半是「이뻐」的發音,那到底哪一個是對的發音呢?答案是「예뻐」、「이뻐」都是對的發音!其實,一開始正確的韓文是前者「예뻐」,但是大多數人在日常生活中使用的是「이뻐」,所以韓國政府在 2015 年把「이뻐」列入標準韓文裡,所以才說語言是隨著世代慢慢改變的。

79. 우리 어디서 보지 않았어요 ?

我們是不是有在哪裡見過 ?

唸法 u-ri eo-di-seo bo-ji a-na-sseo-yo

 你知道嗎 ? ────────

　　想要搭訕別人，但又不知道怎麼開口的時候，可以説「우리 어디서 보지 않았어요 ? 我們是不是有在哪裡見過 ?」其實很多時候説話者只是想找話題説話。不過，也真的有可能是對對方有印象，一時想不起來的時候使用此句詢問。

韓流都是這樣用

　　在「사랑의 불시착《愛的迫降》」中具承俊 (구승준) 在車上想要和徐丹 (서단) 説説話，於是問徐丹「우리 어디서 보지 않았어요 ?」徐丹馬上回「보지 않았습니다 . 沒見過。」切斷這話題。

80. 아직 안 끝났어 還沒結束

唸法 a-jik an kkeun-na-sseo

😊 你知道嗎？

在任何還沒結束的事情上使用；對方還沒下班時，也是可以使用「**아직 안 끝났어？（工作）還沒結束嗎？**」另外，話還沒說完卻被打斷的時候會說「**내 말 아직 안 끝났어. 我還沒說完。**」

韓流都是這樣用

韓文有一句話是：「한국어는 끝까지 들어 봐야 한다. 韓文要聽到最後。」會有這麼一句話是與韓文的語法有關，因韓文的動詞、形容詞出現在句子的最後，所以重點也會在句子最後面。

81. 힘내요 加油

(唸法) him-nae-yo

你知道嗎？

　　常聽到的「加油」應該有兩種：「**힘내요.**」「**파이팅.**」後者雖然更為口語，但是一般在嚴肅、正經的對話中會使用前者「**힘내요.**」。

韓流都是這樣用

　　「태양의 후예《太陽的後裔》」中扮演軍人的劉時鎮 (유시진) 和姜暮煙 (강모연) 找地雷做記號，但是地雷太多，於是劉時鎮請姜暮煙加油時就說了「**힘내요.**」

再學多一點

* 힘들지 ?
　　很累吧？
　　(唸法) him-deul-ji

* 안 힘들어 ?
　　不會累嗎？
　　(唸法) an him-deu-reo

* 힘내자 .
　　一起加油吧。
　　(唸法) him-nae-ja

82. 이 결혼 반대야 我反對這婚事

唸法 i gyeol-hon ban-dae-ya

你知道嗎？

「이 결혼 반대야」是父母親反對自己孩子的婚姻時說的話。就算不是父母親，還是可以使用。

韓流都是這樣用

在「호텔 델루나《德魯納酒店》」中張滿月（장만월）不許具燦成（구찬성）結婚，於是說了以下這句話：

나 **이 결혼 반대야**.

我反對這婚事。

唸法 na i gyeol-hon ban-dae-ya

찬성할 수 없어.

無法贊成。

唸法 chan-seong-hal su eop-seo

83. 그렇다고 울어 ? 這樣就哭了 ?

唸法 geu-reo-ta-go u-reo

👤 你知道嗎 ? ──────

「그렇다고」是可以拿來這樣應用的:「그렇다고 욕해 ? 這樣就罵人了 ?」「그렇다고 가 버려 ? 這樣就走人了 ?」「그렇다고 삐쳐 ? 這樣就不開心了 ?」

韓流都是這樣用

「도깨비《鬼怪》」中:Sunny 和陰間使者在街道的攤位上發現了一個戒指,同時想要拿起戒指來看,Sunny 的動作快了一點,這時陰間使者眼眶變紅,Sunny 以為陰間使者是因為她比自己早拿戒指才哭,所以就說了一句**「그렇다고 울어 ? 這樣就哭了 ?」**

84. 가긴 어딜 가? 走去哪裡？

唸法 ga-gin eo-dil ga

你知道嗎？

　　內文中的「**가긴 어딜 가?**」是用於反問對方的情況，但是它也可用於攔住對方的時候。例如，在韓國網頁上會看到寵物照和「**가긴 어딜 가?**」這句，仔細看照片就會發現可愛的寵物坐在玄關地板攔下主人、不讓他們出門。其實這句更常在運動新聞上看到，具有影響力的選手合約期滿的時候，我們會在新聞抬頭上看到「**가긴 어딜 가?**」意思就是目前的俱樂部不讓該名選手跳槽、不放他走。

韓流都是這樣用

　　喜劇「감자별《馬鈴薯星》」裡，徐睿知（서예지）要隱瞞家人偷偷結婚，試穿白紗時突然想到曾經與爸爸盧秀東（노수동）說過要在婚宴一起共舞，於是她的朋友朱利安（줄리엔）為了實現這許願，決定綁架徐睿知的爸爸。
請看以下對話：

朱利安：실례합니다.

　　　　打擾了。

　　　　唸法 sil-lye-ham-ni-da

盧秀東：왜 이래요？

　　　　這是怎麼了？

　　　　唸法 wae i-rae-yo

朱利安：잠깐 저희랑 가 주세요.

暫時跟我們去一個地方。

唸法 jam-kkan jeo-hi-rang ga ju-se-yo

가면서 설명해 드릴게요.

邊走邊說明。

唸法 ga-myeon-seo seol-myeong-hae deu-ril-ge-yo

盧秀東：아, **가긴 어딜 가**?

啊，**走去哪裡**？

唸法 a ga-gin eo-dil ga

안 가, 나 안 가!

不去，我不去！

唸法 an ga na an ga

再學多一點

像「가긴 어딜 가?」這樣前後重複動詞、形容詞的句子很多。

* 먹긴 뭘 먹어?

吃什麼吃啊？

唸法 meok-gin mwol meo-geo

* 알긴 뭘 알아?

你懂個屁？（直譯：知道什麼知道？）

唸法 al-gin mwol a-ra

* 귀엽긴 뭐가 귀여워?

可愛？哪裡可愛？

唸法 gwi-yeop-gin mwo-ga gwi-yeo-wo

85. 건드리지 마 別碰

唸法 geon-deu-ri-ji ma

你知道嗎？

「건드리지 마」中文意思為「不要惹我、碰我」。不過這句沒有主詞，所以主詞不一定是「我」。

韓流都是這樣用

我們來看看它在「비밀의 숲《秘密森林》」中的應用：

實習檢察官永恩秀（영은수）被任命為公審檢察官，接到了第一個案子，但是檢察官黃始木（황시목）不讓永恩秀對此案插手。

永恩秀：조서부터 제가 쓸까요？

我來先寫調查紀錄嗎？

唸法 jo-seo-bu-teo je-ga sseul-kka-yo

黃始木：아니, 안 돼.

不，不行。

唸法 a-ni an dwae

永恩秀：네？

什麼？

唸法 ne

黃始木：건드리지 마.

不要碰（此案）。

唸法 geon-deu-ri-ji ma

86. 말해 你説啊

(唸法) mal-hae

 你知道嗎？

「말해」這是命令句，所以語氣要強，中文翻成「你快説！」如果語氣平順，不一定是兇對方趕快説，可能是「你説吧（我來聽聽看）。」

韓流都是這樣用

在「너의 목소리가 들려《聽見你的聲音》」的劇情：徐度妍（서도연）在慶祝派對裡被煙火弄傷了眼睛，同學説是張惠成（장혜성）所為，徐度妍也認定張惠成是兇手，有一天，張惠成質問徐度妍是否真的有看到是她弄傷，徐度妍理直氣壯的回覆「沒有」。以下為惠成的臺詞：

말해！

你趕快説！

(唸法) mal-hae

지금 말하는 거 그대로 우리 엄마한테 너네 아버지한테 가서 **말해！**

把你現在所説的話跟我媽媽和妳爸爸説！

(唸法) ji-geum mal-ha-neun geo geu-dae-ro u-ri eom-ma-hante neo-ne a-beo-ji-han-te ga-seo mal-hae

這裡的「말해！」就是語氣較兇的「趕快説！」

87. 정신 똑바로 차려 打醒十二分的精神

唸法 jeong-sin ttok-ba-ro cha-ryeo

 你知道嗎？

　　在「정신 차려. 打起精神來。」的句子裡，多加「똑바로」會更加強語氣，「정신 똑바로 차려. **打醒十二分的精神。**」

韓流都是這樣用

　　韓劇「닥터스《Doctors》」裡劉慧靜（유혜정）說了這麼一句話：「앞으로 나하고 일하려면 **정신 똑바로 차려**. 如果要跟我工作，**要打起精神來。**」

再學多一點

* 정신 없어.

沒精神。

唸法 jeong-sin eop-seo

* 정신 나갔어.

瘋了。

唸法 jeong-sin na-ga-sseo

* 제정신이야?

神智正常嗎？（清醒的嗎？）

唸法 je-jeong-si-ni-ya

88. 자주 보자 以後常常交流吧

唸法 ja-ju bo-ja

 你知道嗎？

　　「자주 보자」字面上的意思是「常常見面吧。」在日常生活裡若使用此句，可以把它理解為「以後常常交流」。最後面的「자」為共動句，共動句為共同做某件事情的意思，中文可翻成「~ 吧」。

再學多一點

* 가자 .
　　我們走吧。
　　唸法 ga-ja

* 먹자 .
　　我們吃吧。
　　唸法 muk-ja

* 나가자 .
　　我們出去 (出門) 吧。
　　唸法 na-ga-ja

89. 인정머리 없다 沒人情、無情

唸法 in-jeong-meo-ri eop-da

 你知道嗎？

「인정」兩個字本身就是指「人情、情情味」，多了「머리」只是加強語氣而已，另外，名詞後面加「- 머리」是帶有諷刺、貶低的意思在，所以使用上也要稍微注意！基本上「인정머리」會與否定「없다」搭配使用。

韓流都是這樣用

「도깨비《鬼怪》」的某一集中，池恩倬 (지은탁) 搬去住鬼怪金信 (김신)、陰間使者的家，導致金信要睡陰間使者的床，陰間使者無奈地叫金信要嘛睡沙發、要嘛睡飯店，金信都拒絕，陰間使者決定要讓池恩倬睡外面，這時候，金信就對陰間使者說「너 원래 이렇게 인정머리 없었어 ? 你本來就這麼無情嗎 ?」以下為《鬼怪》中的對話：

陰間使者 : 절대 안 돼 , 내 침대야 . 부정 타 .

　　　　　絕對不行，這是我的床。晦氣！

　　　　　唸法 jeol-dae an dwae　nae chim-dae-ya　bu-jeong ta

鬼怪 : 알아 . 맘 쓰지 말래도 .

　　　　知道。我叫你別操心。

　　　　唸法 a-ra　mam sseu-ji mal-lae-do

陰間使者 : 소파에서 자 .

　　　　　去沙發上睡吧。

　　　　　唸法 so-pa-e-seo ja

鬼怪：나 소파에서 못 자 .

我沒辦法在沙發睡。

唸法 na so-pa-e-seo mot ja

陰間使者：그럼 모텔 가서 자 .

那去旅館睡。

唸法 geu-reom mo-tel ga-seo ja

鬼怪：나 호텔에서 못 자 .

我不能在飯店裡睡。

唸法 na ho-te-re-seo mot ja

애 저 방에 혼자 있는데 .

她自己一個人在房間裡啊。

唸法 ae jeo bang-e hon-ja in-neun-de

어디 가 ?

(問陰間使者) 你去哪？

唸法 eo-di ga

陰間使者：기타 누락자 화단에 재울 거야 .

要讓其他遺漏者睡花壇。

唸法 gi-ta nu-rak-ja hwa-da-ne jae-ul geo-ya

鬼怪：너 원래 이렇게 인정머리 없었어 ?

你本來就這麼無情嗎？

唸法 neo wol-lae i-reo-ke in-jeong-meo-ri eop-seo-sseo

90. 그럴 만한 사정이 있었어 自有一定的原因的

(唸法) geu-reol man-han sa-jeong-i i-sseo-sseo

 你知道嗎？

「사정」是「事情」的意思，和「일」相比，「사정」指的通常是個人的因素。不想或不能說出詳細理由時可以說這句「**그럴 만한 사정이 있었어.**自有一定的原因的。」

韓流都是這樣用

「또 오해영《又，吳海英》」裡，吳海英 (오해영) 的前未婚夫在結婚前一天坐牢，而解除婚約，但是當初無人知道這件事情。請看以下對話：

吳海英：할 말 있다는 건 뭐야？

有什麼話要跟我說嗎？

(唸法) hal mal it-da-neun geon mwo-ya

朴道京 (박도경)：그 남자랑 또 만나냐？

你又跟那男的見面嗎？

(唸法) geu nam-ja-rang tto man-na-nya

지를 그렇게 차 버린 남자한테 또 가냐？

又跑去找甩過妳的男生？

(唸法) ji-reul geu-reo-ke cha beo-rin nam-ja-han-te tto ga-nya

吳海英：**그럴 만한 사정이 있었어.**

那是有原因的。

(唸法) geu-reol man-han sa-jeong-i i-sseo-sseo

這時吳海英就說了這一句「그럴 만한 사정이 있었어.」為前未婚夫辯解。

91. 말하기 싫으면 하지 마 不想說就別說了

(唸法) mal-ha-gi si-reu-myeon ha-ji ma

你知道嗎？

問了對方一些事情後，發覺對方不方便說，這時候我們可以說「**말하기 싫으면 하지 마. 不想說就別說了。**」

韓流都是這樣用

韓國人在口語中喜歡把句子縮短，像此句中的「싫으면」會縮短成「싫음」。這整句使用了「___（으）면 ____ 지 마 如果 ____ 的話，就不要 ____」的句型，可以搭配各種動詞應用。

再學多一點

* 먹기 싫으면 먹지 마 .

不想吃就別吃了。

(唸法) meok-gi si-reu-myeon meok-ji ma

縮短 : 먹기 싫음 먹지 마 .

(唸法) meok-gi si-reum meok-ji ma

---

* 가기 싫으면 가지 마 .

不想去就別去了。

(唸法) ga-gi si-reu-myeon ga-ji ma

縮短 : 가기 싫음 가지 마 .

(唸法) ga-gi si-reum ga-ji ma

92. 예쁜 척하지 마라 別裝漂亮了

唸法 ye-ppeun cheo-ka-ji ma

 你知道嗎？

「척」為假裝、裝作之意；「- 지 마」為「不要‥‥‥」之意，最後一個字「라」在先前學過，它為命令句，可加可不加。

韓流都是這樣用

「쌈, 마이웨이《三流之路》」中，高東萬 (고동만) 盯著崔愛羅 (최애라) 看，於是崔愛羅在高東萬面前裝漂亮。以下為兩人對話：

崔愛羅：그렇게 예쁘냐 ?

　　　　我有這麼漂亮嗎 ？

　　　　唸法 geu-reo-ke ye-ppeu-nya

高東萬：**예쁜 척하지 마라**. 나 빈속이다.

　　　　別裝漂亮了，我是空腹。

　　　　唸法 ye-ppeun cheo-ka-ji ma-ra　na bin-so-gi-da

崔愛羅：나 예쁜 척하면 재수없지 ?

　　　　我裝漂亮很晦氣吧 ？

　　　　唸法 na ye-ppeun cheo-ka-myeon jae-su-eop-ji

高東萬說「我是空腹」是因為空腹的情況下嘔吐對身體不好，所以韓國人要表達「因對方自戀的行為感到想嘔吐」的時候，會說自己是空腹，意思就是「不要讓我吐了」。

93. 구질구질하다 沒完沒了

(唸法) gu-jil-gu-jil-ha-da

 你知道嗎？

「**구질구질하다**」字面上的意思是「髒亂」，就是指髒兮兮的狀態，但是多半是指兩人的關係沒完沒了、亂七八糟。

韓流都是這樣用

「**흑기사《黑騎士》**」裡，鄭惠拉 (정해라) 的前男友曾經假冒自己是檢察官，分手後拿禮物來找鄭惠拉，鄭惠拉看到前男友後的反應是「**구질구질하다 . 沒完沒了。**」再舉一個韓劇「**주군의 태양《主君的太陽》**」中太恭實 (태공실) 在朋友聚餐裡説到「朱中元 (주중원) 要與有錢人家的女兒結婚，但是我還是一分一秒都不想離開他」。以下為太恭實的臺詞：

나 구질구질하고 뻔뻔해 보여도 어쩔 수 없어 .

我看起來軟弱無能又厚臉皮也沒辦法。

(唸法) na gu-jil-gu-jil-ha-go ppeon-ppeon-hae bo-yeo-do eo-jjeol su eop-seo

나한테 그 사람은 세상에 딱 하나뿐인 특별한 사람이야 .

對我來説他是世界上唯一、特別的人。

(唸法) na-han-te geu sa-ra-meun se-sang-e ttak ha-na-ppu-nin teuk-byeol-han sa-ra-mi-ya

94. 널 위해서 하는 말이야 都是為了你好而說的話

唸法 neol wi-hae-seo ha-neun ma-ri-ya

你知道嗎？

　　字面上的意思為「為了你所説的話」，可以理解成「我是為了你著想」，不過它不見得是真的為對方説的話，因為個性雞婆愛管閒事的人，説完自己想説的話、傷害對方的話後會多補一句「널 위해서 하는 말이야 .」。

韓流都是這樣用

　　韓國人説只要有人説了「널 위해서 하는 말이야 .」這句話，就不用太認真，因為多半是為了自身利益而説的內容。我們來學個有趣的單字「꼰대」，「꼰대」原本指的是老人家，但在現代不單純只是説老人家而已，現在可把它理解為倚老賣老、愛用自己的想法去教訓晚輩的人都稱為「꼰대」。

95. 이유는 묻지 말고 不要問我理由

唸法 i-yu-neun mut-ji mal-go

 **你知道嗎？**

強迫別人要為自己做某件事情，但又不准對方問其理由的時候會說「이유는 묻지 말고」。

韓流都是這樣用

在「눈이 부시게《耀眼》」這一部韓劇裡，李俊河 (이준하) 向金惠子 (김혜자) 說了這樣的一句：

나는 네 말대로 꼭 기자 될 테니까

我會如妳所願，一定會當上記者的，

唸法 na-neun ne mal-dae-ro kkok gi-ja doel te-ni-kka

너는 내 여자 친구 돼 줘 .

那麼妳就當我的女朋友吧。

唸法 neo-neun nae yeo-ja chin-gu dwae jwo

이유는 묻지 말고 .

不要問我理由。

唸法 i-yu-neun mut-ji mal-go

 **你可能不知道**

提分手的時候也會用到這一句「우리 당분간 연락하지 말자 . **이유는 묻지 말고** . 我們暫時不要聯絡吧。不要問我為什麼。」

96. 내 연락 받아요 接我的電話

唸法 nae yeol-lak ba-da-yo

 **你知道嗎？**

「연락 聯絡」不一定指電話，簡訊、通訊軟體的訊息都包含。這句很常出現在告白的時候。

韓流都是這樣用

在「검색어를 입력하세요 WWW《請輸入檢索詞 WWW》」裡朴模建 (박모건) 對裴朵美 (배타미) 告白時說了以下的話：

내 연락 받아요 .

接我的聯絡。

唸法 nae yeol-lak ba-da-yo

문자에 답장해요 .

回覆我的簡訊。

唸法 mun-ja-e dap-jang-hae-yo

나오라고 하면 나와요 .

我叫你出來，就要出來。

唸法 na-o-ra-go ha-myeon na-wa-yo

밥도 같이 먹고 술도 같이 먹읍시다 .

一起吃飯，一起喝酒吧。

唸法 bap-do ga-chi meok-go sul-do ga-chi meo-geup-si-da

說到告白，男主角和女主角搞曖昧時，男生喜歡突然到女生家附近後說「집 앞이야 . 나와 . 我在你家前面，出來吧。」所以在各種化妝品廣告裡，以「曖昧男突然到家附近也不用驚慌」為內容的廣告不少。

97. 너말고　不是說你

唸法 neo-mal-go

 你知道嗎？ ————

　　「말고」是接在名詞後的補助詞，中文為「除了‧‧‧‧‧‧之外」，不過有時候在實際的應用上不能用直譯的方式理解。「너말고」可能真的是指字面上的「除了你之外」的意思，但也有很多時候是指「我不是在講你」。

韓流都是這樣用

　　「쌈 , 마이웨이《三流之路》」中，崔愛羅 (최애라) 陪高東萬 (고동만) 去練拳擊，崔愛羅看不慣教練，故意裝可愛天真，請教練教她拳擊，目的是為了打教練一拳報復。高東萬要挽留崔愛羅，所以對崔愛羅說「나중에 내가 알려줄게 . 之後我來教你。」崔愛羅回「너 말고 .」意思是我不是要你來教我。

98. 미안하다고 했잖아 我不是有跟你道歉了嗎

(唸法) mi-an-ha-da-go haet-ja-na

 你知道嗎？

即便道歉過，對方還是一樣在生氣的時候使用「미안하다고 했잖아」。

韓流都是這樣用

以下為「밥 잘 사주는 예쁜 누나《經常請吃飯的漂亮姐姐》」中尹珍雅（윤진아）和徐俊熙（서준희）喝酒的時候的對話：

尹珍雅：아까부터 왜 자꾸 비꼬지？

為什麼從剛剛開始諷刺我？

(唸法) a-kka-bu-teo wae ja-kku bi-kko-ji

徐俊熙：내가？

我有諷刺妳？

(唸法) nae-ga

尹珍雅：지금 그 말투도.

現在這語氣也是。

(唸法) ji-geum geu mal tu do

徐俊熙：아닌데？

沒有耶？

(唸法) a-nin-de

기분 나쁘게 들렸으면 사과할게.

如果有讓妳不開心，我道歉。

(唸法) gi-bun na-ppeu-ge deul-lyeo-sseu-myeon sa-gwa-hal-ge

徐俊熙道歉過後，尹珍雅還是在生氣，這時候徐俊熙就說了「**미안하다고 했잖아.**」另外，徐俊熙說的「아닌데？不是耶？」的語尾「-(으)ㄴ데」是反駁對方時使用的語尾。

99. 거지 같아 很醜陋

 **唸法** geo-ji ga-ta

你知道嗎？

「**거지 같아**」日常生活很常使用，是非常口語的表達方式，字面上的意思為「像乞丐」。可以指外觀不端正，不過在很多時候指的是一個人的行為醜陋。

韓流都是這樣用

IU主演的電影「나의 아저씨《我的大叔》」裡，IU不斷地說「**거지 같아. 很醜陋。**」因為她認為，一直關心自己喜歡的人到底有沒有穿自己送的拖鞋而煩惱這件事情，實在太醜陋、晚上一直徘徊的行為也醜陋。一般想表達心情糟透時，也會使用「거지 같아.」。

100. 날 몰라도 너무 모른다 也太不懂我了吧

(唸法) nal mol-la-do neo-mu mo-reun-da

👤 你知道嗎？

這裡的主詞是「날(나를的縮寫)我」，可以任意改為其他主詞，例如「여자를 몰라도 너무 모른다 . 也太不懂女生了吧。」

韓流都是這樣用

「괜찮아, 사랑이야《沒關係，是愛情啊》」中，池海秀(지해수)和張宰烈(장재열)吵架時，池海秀對張宰烈和旁邊的另外兩個人說「**날 몰라도 너무 모른다 . 也太不懂我了吧。**」

再學多一點

* 네가 뭘 알아 ?
  你懂什麼？
  (唸法) ne-ga mwol a-ra

* 아무것도 모르면서 .
  明明什麼都不懂。
  (唸法) a-mu-geot-do mo-reu-myeon-seo

* 모르는 척하지 마 .
  別裝什麼都不懂。
  (唸法) mo-reu-neun cheo-ka-ji ma

101. 젊은 나이에 年紀輕輕

 **你知道嗎?**

「젊은 나이에」是開頭,後面可以接任何句子,表示「年紀輕輕就······」。

韓流都是這樣用

在「주군의 태양《主君的太陽》」中太恭實 (태공실) 説「이 건물 제거예요. 這大樓是我的。」朱中元 (주중원) 笑著回「**젊은 나이에** 자수성가, 무슨 능력으론지 제법 큰 부를 축적하셨네. 這麼年輕就白手起家······, 不知道是有什麼能力,積累財富了。」

再學多一點

* 젊은 나이에 성공했어요.

很年輕就成功了。

唸法 jeol-meun na-i-e seong-gong-hae-sseo-yo

---

* 젊은 나이에 고생했어요.

這麼年輕就吃苦了。

唸法 jeol-meun na-i-e go-saeng-hae-sseo-yo

102. 속 좀 그만 썩여 不要讓我傷心了

唸法 sok jom geu-man sseo-gyeo

 你知道嗎？

「속썩이다」是「讓人傷心、苦惱」的意思，通常是父母親對孩子說的話。

韓流都是這樣用

在各種韓劇裡出現過，日常生活中也會使用到。舉個知名的韓劇「부부의 세계《夫婦的世界》」來看它的應用吧！在女友會的聚會上某個會員恭喜呂多景 (여다경) 生育、老公出息，並問呂多景：「이제 엄마 속 그만 썩일 거지 ? 以後不會再讓媽媽傷心了吧？

 你可能不知道

除了「속썩이다」外，表達傷心的說法有好幾種，我們來看兩個使用頻率高的單字：「속상하다」、「섭섭하다」，兩者都翻譯成傷心、難過，但後者「섭섭하다」有失望、依依不捨、遺憾等更複雜的感情在。

103. 무슨 일인지 모르겠지만 雖然不知道詳情

唸法 mu-seun i-rin-ji mo-reu-get-ji-man

 你知道嗎？

安慰對方的時候可以使用「무슨 일인지 모르겠지만」開頭。網路上有不少測試路人反應的影片，其中的熱門影片是一個女高中生哭著隨便找個路人請他們抱她，有不少路人對她說「무슨 일인지 모르겠지만 힘내요. 雖然不知道是什麼事情，但是加油吧。」再看一個有趣的應用！韓國女演員在頒獎典禮說感言時，第一句話就說了「무슨 일인지 모르겠지만」代表她完全沒想到自己會得獎，所以用「不知道發生了什麼事情」來比喻。

韓流都是這樣用

在「킬미 힐미《Kill Me Heal Me》」的第一集裡，車道賢（차도현）到了機場後，看到吳俐珍（오리진）和躲在自己（車道賢）背後的男子拉扯，被夾在中間的車道賢跟吳俐珍說「무슨 일인지 모르겠지만 대화로 하세요. **雖然不知道詳情**，但是有話好好說。」

再學多一點

* 말로 하세요.

有話好好說（意指「用說的，不要動用暴力」）。
唸法 mal-lo ha-se-yo

* 진정하세요.

請冷靜。
唸法 jin-jeong-ha-se-yo

104. 무슨 막말이야? 胡説什麼?

(唸法) mu-seun mang-ma-ri-ya

😀 你知道嗎？

在第 17 句的補充裡，有學過「얻다 대고 막말이야？憑什麼對我亂説話？」「막말」是胡説、亂講話。

韓流都是這樣用

「황후의 품격《皇后的品格》」中，皇后吳瑟妮（오써니）抓到皇帝李赫（이혁）和秘書室長的不倫現場。在皇后與皇帝的爭吵當中，皇帝叫皇后「닥쳐. 閉嘴。」激動的皇后説出「개자식 混蛋」這一單字，於是在旁的情婦秘書室長説「폐하께 무슨 막말이야？在陛下面前**竟敢亂説話**？」後，被皇后抓頭髮教訓。如果想要對此句做回應，可參考以下句子：「막말한 적 없는데？我沒有胡説。」這裡使用的語尾「- 는데」用於反駁對方所説的話。

😀 你可能不知道

此句還有個有趣的用法，在「막말」後面多加一個字「로」變成「막말로」，它有兩種意思，一是字面上的胡説；二是「坦白地説」。

105. 환장하겠네 快發瘋了

唸法 hwan-jang-ha-gen-ne

 你知道嗎？

在第 21 句有提到類似的用法。「환장하겠네 . 快發瘋了。」是韓國偶像團體 BTS 成員常說的一句話，網路上還有關於這名成員說「환장하겠네 .」的精選輯。

韓流都是這樣用

在韓劇中是怎麼使用這句的呢？韓國連續劇中有一個故意演搞笑的劇情，裡面說到勾引男生最好的方法就是「不說方言、要說首爾話，這樣男生才會喜歡。」於是在劇中使用方言的女演員試著用首爾話說話，但她誤會首爾人是講很多外來語，所以說話時摻雜各種外來語、怪腔怪調，她老公聽到後痛罵她一頓「환장하겠네 . 더위 먹었어？ **快瘋了**，你是中暑了嗎？」

 你可能不知道

韓國會隨著地區有不同的方言，這方言韓文叫「사투리」。大致上分為「충청도 사투리 忠清道方言」、「강원도 사투리 江原道方言」、「경상도 사투리 慶尚道方言」、「전라도 사투리 全羅道方言」、「제주도 사투리 濟州島方言」，在這裡還可以分得更細。韓國知名的企業家白種元（백종원）常常上電視，那麼，是否有注意聽過他說的韓文呢？他說的是「忠清道方言」，其方言的特色為：比其他地區的方言講話速度慢、不會直接表達自己的想法，所以會讓對方認為忠清道的人是個溫柔，但又很難理解心思的人。之前有一個綜藝節目特別請忠清道出身的幾個藝人，他們都共同的說了一句話，那就是「問忠清道人意見時，至少問三次，因為前面的兩次是不好意思回答自己內心的真實感受。」

106. 잘 생각하시죠 **好好想想看吧**

唸法 jal saeng-ga-ka-si-jyo

你知道嗎？

「잘 생각하다 (原形)」為「仔細思考」的意思。和韓國人相處的時候會聽到它的過去式「잘 생각했어 .」意思是「想得好」，那麼這句「잘 생각했어 . 想得好。」要怎麼應用呢？例如，身邊有個想不開的朋友某一天突然清醒了，這時候我們對他說「잘 생각했어 .」或者對方告訴我們自己的覺悟、想法，我們只是想要隨便敷衍的時候也會說「잘 생각했어 .」

韓流都是這樣用

「호텔 델루나《德魯納酒店》」中張滿月 (장만월) 與客人的對話：

張滿月 : 참 안됐군요 .

真是可憐。

唸法 cham an-dwaet-gun-yo

客人 : 이대로 떠날 수 없습니다 .

我不能這樣就離開。

唸法 i-dae-ro tteo-nal su eop-seum-ni-da

張滿月 : 이미 끝난 생에 원한을 갚다가

為了結束的一生而復仇，

唸法 i-mi kkeun-nan saeng-e won-ha-neul gap-da-ga

개 , 돼지로 환생하실 수 있습니다 .

可能會復生為狗、豬。

唸法 gae dwae-ji-ro hwan-saeng-ha-sil su it-seum-ni-da

잘 생각하시죠.

好好想想看吧。

唸法 jal saeng-ga-ka-si-jyo

第一句「참 안됐군요. 真是可憐。」憐惜一個人時使用的句子。

107. 진작 얘기하지 為何不早點跟我説

唸法 jin-jak yae-gi-ha-ji

 你知道嗎？

「진작」指「早該」的意思，常在後悔沒有趁早做某件事情的時候使用，例如「진작 먹을걸. 早該吃的。」「진작 알았으면 좋았는데. 早知道有多好。」

韓流都是這樣用

在「그녀는 예뻤다《她很漂亮》」中，童年時代的金惠珍 (김혜진) 長得又漂亮又受歡迎，當她第一次看到池成俊 (지성준) 時，因為池成俊的個子矮，誤以為年紀比她還要小，所以叫他「꼬마 小朋友」。後來知道這꼬마和自己是同年齡，就跟他説「**진작 얘기하지. 為何不早點跟我說。**」

108. 그렇다고 삥뜯어요 ? 但也不能搶錢呀！

(唸法) geu-reo-ta-go pping-tteu-deo-yo

 你知道嗎？

「삥뜯다」是非常口語的表達方式，指「搶錢」。

韓流都是這樣用

在「푸른 바다의 전설《藍色海洋的傳説》」中，沈清（심청）與小朋友的對話：

沈清：돈 있니 ?

　　身上有錢嗎？

　　(唸法) don in-ni

　　언니가 무지 배고픈데 돈이 없어 .

　　姊姊肚子非常餓，但沒錢。

　　(唸法) eon-ni-ga mu-ji bae-go-peun-de do-ni eop-seo

小朋友：그렇다고 삥뜯어요 ?

　　　　但也不能搶錢呀！

　　　　(唸法) geu-reo-ta-go pping-tteu-deo-yo

沈清：삥뜯는 게 뭐야 ?

　　搶錢是什麼？

　　(唸法) pping-tteun-neun ge mwo-ya

小朋友：이게 삥뜯는 거잖아요 .

　　　　這就是搶錢！

　　　　(唸法) i-ge pping-tteun-neun geo-ja-na-yo

上述的內容中沈清説到「무지」它是「非常」的意思，韓文的「非常」除了常聽到的「너무」之外還有很多種，「무지」就是其中一個。除了上述的對話外，在相同的劇中沈清目擊不良學生在搶錢，對不良學生説了「삥뜯지 마.不要搶錢。」

109. 앞으로 接下來

唸法 a-peu-ro

 你知道嗎？

往後、接下來之意。「接下來也敬請期待」的韓文也會使用「**앞으로**」：「앞으로도 기대해 주세요.」在韓星被採訪、綜藝節目、電影等地方很容易聽到此句。

韓流都是這樣用

「앞으로」字面上是「往前面」的意思，所以很多人會聯想不出它還有「往後」的意思在。請參考 「스타트업《Start-Up》」中的臺詞：「**앞으로가 걱정이네요.接下來才真令人擔心呢。**」

110. 빤히 明顯地

唸法 ppan-hi

你知道嗎？

「빤히」為「明顯地、清清楚楚地、直直地」的意思，後面可以接各種動詞，例如：「왜 빤히 쳐다봐？為什麼凝視著我？」

韓流都是這樣用

「스타트업《Start-Up》」的一句臺詞：「지금 네 처지가 어떤지 **빤히** 보이네. 現在妳處於什麼情況，都看得非常清楚。」此句中的「빤히 보이네.」是看透的意思，尤其是要表達一個人安的是什麼心，讓人看得一清二楚的時候常常使用。

再學多一點

* **무슨 생각 하는지 빤히 보이네.**

你在想什麼，我看得一清二楚。

唸法 mu-seun saeng-gak ha-neun-ji ppan-hi bo-i-ne

* **거짓말하는 게 빤히 보이네.**

看得出來你是在說謊。

唸法 geo-jin-mal-ha-neun ge ppan-hi bo-i-ne

111. 몇 번을 얘기해 到底要説幾次

(唸法) myeot beo-neul yae-gi-hae

 你知道嗎？

　　講了好幾遍，對方還是聽不進去的時候説「**몇 번을 얘기해 ?** 到底要説幾次」。

韓流都是這樣用

　　「응답하라 1988《請回答 1988》」中，成德善 (성덕선) 的姊姊成寶拉 (성보라) 當妹妹德善的數學家教老師，跟德善解釋了好幾次，但德善還是不懂，於是對德善説「**몇 번을 얘기해 ?** 몇 번을! **到底要跟妳説幾次啊，幾次！**」「아무리 돌대가리라도 그렇지 어떻게 이것도 하나 못 푸냐 ? 就算妳是個大笨蛋，怎麼連這題也答不出來？」後句中的「돌대가리」指大笨蛋。

112 왜 이래라 저래라 해？
為什麼叫我做這個做那個？

唸法 wae i-rae-ra jeo-rae-ra-hae

 你知道嗎？

「이래라 저래라」為「叫某人這樣，那樣」。

韓流都是這樣用

我們要看的韓劇為「슬기로운 감빵생활《機智牢房生活》」，小迷糊漢陽（한양）洗碗時想偷懶，被劉大尉（유대위）要求重洗，於是小迷糊就說「네가 우리 엄마야？ **왜 이래라 저래라 해？** 내가 네 후임이냐？ 너는 우리 엄마냐？**為什麼叫我做這個做那個？** 我是你後任嗎？」在這裡有個值得注意的一句「후임 後任」，它指得是當兵的後任。

再看一個使用「이래라 저래라」的應用句，「펜트하우스《Penthouse》」的千瑞璡（천서진）、河尹哲（하윤철）說好要離婚後，千瑞璡還繼續限制河尹哲做各種事情，忍受已久的河尹哲對千瑞璡說「이래라 저래라 하지 마.」意思指「不要命令我做這個、不要做那個。」

你可能不知道

是否有聽說過在韓國當兵是特別辛苦的？而且服役時間也長，一般當兵要 18 個月，所以會有很多藝人、政治家的孩子想要逃逸。在服役期間，可能會有霸凌等事件，在新聞裡也會看到被先任動用的暴力而死亡、自殺等事情。這已經是韓國非常嚴重的社會問題之一。

113. 용건이 뭐야? 有什麼話要說嗎？

 唸法 yong-geo-ni mwo-ya

你知道嗎？

「용건」是指要辦的事情，可以把它理解成「想要說的話、事情」，不知道對方說這些話的目的何在時，可以說這一句。

韓流都是這樣用

「내 이름은 김삼순《我叫金三順》」中，柳熙珍 (유희진) 與玄振軒 (현진헌) 吵架，讓彼此不愉快，吵完架後，玄振軒到柳熙珍的房間，請柳熙珍的朋友出去外面，柳熙珍不爽玄振軒說話的態度，對玄振軒說了「너부터 말해 . 용건이 뭐야? 你先說。有什麼話要說嗎？」當我們接了電話後，詢問對方為什麼打電話給我的時候也會使用此句。

再學多一點

* 용건부터 얘기해 .

先說重點。

唸法 yong-geon-bu-teo yae-gi-hae

* 용건만 얘기해 .

說重點就好。

唸法 yong-geon-man yae-gi-hae

114. 거머리 같아 很纏人

(唸法) geo-meo-ri ga-ta

😎 你知道嗎？

「거머리」是水蛭，韓國人要比喻一個人很纏人、煩人，會使用水蛭來比喻。

韓流都是這樣用

「청춘기록《青春紀錄》」中，韓流巨星朴道河（박도하）不讓前女友李寶蘿（이보라）進入自己休息室，因為她像個「거머리」。

以下為朴道河對保鑣説的臺詞：

오늘 여기 아무도 들이지 마.

今天不要讓任何人進來。

(唸法) o-neul yeo-gi a-mu-do deu-ri-ji ma

특히 이보라, **거머리 같아** 거머리.

尤其是李寶蘿，**真像個水蛭**。

(唸法) teu-ki Yi-Bo-ra geo-meo-ri ga-ta geo-meo-ri

아주 그냥 징그러워 죽겠어.

噁心死了。

(唸法) a-ju geu-nyang jing-geu-reo-wo juk-ge-sseo

最後一句的「징그럽다（原形）」為噁心，比喻一個人做出肉麻的行為時會使用「징그럽다」。

你可能不知道

男朋友對女朋友撒嬌，女朋友覺得肉麻的時候可以說「징그럽다」。

115. 너 죽을래？ 找死嗎？

唸法 neo ju-geul-lae

你知道嗎？

「너 죽을래？」在開玩笑時，很容易聽到這一句。

韓流都是這樣用

車太鉉 (차태현) 和全智賢 (전지현) 主演的「엽기적인 그녀《我的野蠻女友》」裡，兩人在捷運上打賭，車太鉉提議懲罰是給對方「뽀뽀 親親」，全智賢立刻回「너 죽을래？找死嗎？」當然也有可能並不是開玩笑，所以自己要察言觀色判斷喔！

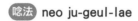

116. 기가 막히네 不得了

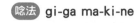

唸法 gi-ga ma-ki-ne

你知道嗎？

　　可以是正面的，也可以是負面的句子。很多人以為它只有「氣到沒話可說」、「氣死人」的意思在，但還有一個有趣的用法喔！比喻食物非常好吃的時候說「기가 막히네.」。

韓流都是這樣用

　　「식샤를 합시다 3《一起吃飯吧 3：Begins》」是以「食」為主題的韓劇，男主角喝了一口部隊鍋（부대찌개）覺得很好吃，於是說了「기가 막히네. 不得了。」，還說了一句「순간 의정부에 온 줄 알았다. 瞬間以為來到議政府了。」

你可能不知道

　　男主角提到的議政府（의정부）在京畿道（경기도）。為何在劇中會提到呢？它和部隊鍋又有什麼關聯嗎？那是因為部隊鍋最有名的地方就是議政府。所謂的部隊鍋雖然看起來像泡菜鍋一樣，但是部隊鍋裡有火腿。我們來簡單地了解一下部隊鍋的由來，這道料理的歷史不久，它是在韓國戰爭時期所誕生的料理，住在美軍部隊附近的居民很容易買到火腿，所以在一開始，韓國人叫這「火腿」為「部隊肉」，但是這部隊肉（火腿）對韓國人來說味道有點清淡，於是韓國人把部隊肉與辣椒醬、泡菜等食材煮在一起，變成了現代人愛吃的「部隊鍋」。

117. 책임질게 我來負責

唸法 chae-gim-jil-ge

 你知道嗎？

「책임질게」雖然沒有主詞，但裡面使用的文法「-(으) ㄹ게」的主詞一定會是第一人稱的我或我們。

韓流都是這樣用

「응답하라 1988《請回答 1988》」裡，成德善 (성덕선) 弄傷崔澤 (최택) 的額頭卻不認帳，旁邊的朋友都叫成德善要負責，成德善回「**내가 책임질게！我來負責！**」另外再舉一個電影「도둑들《神偷大劫案》」，它是全智賢 (전지현)、金秀賢 (김수현)、金惠秀 (김혜수) 等人演的韓國電影，票房突破一千萬人。電影中，有金惠秀的吻戲，金惠秀對男主角說「책임져 . 你要負責。」接著說了「여자 마음을 흔든 책임 . 對於動搖女人心的責任。」

電視劇「별에서 온 그대《來自星星的你》」就是拍完這部電影後的韓劇，一開始全智賢拒絕《來自星星的你》這一作品，後來是金秀賢親自打電話給全智賢，才被說服拍《來自星星的你》。

118. 주제를 모르고 不知分寸

(唸法) ju-je-reul mo-reu-go

 你知道嗎？

「**주제를 모르고**」指不知分寸、不自量力。「주제」兩個字在日常生活裡很常使用，單獨兩個字的意思為「很差的處境」。應用方式：「거짓말쟁이 주제에 明明是個騙子，還不知分寸・・・・・・」、「내 주제에 무슨 我這樣處境的人，怎敢・・・・・・」

韓流都是這樣用

在「언니는 살아있다《姐姐風采依舊》」中，扮演惡女的富二代具世京（구세경）與媒體記者秋泰秀（추태수）偷情，但秋泰秀不知分寸，竟敢把戒指寄到具世京的家當禮物，戒指上還刻著「我愛世京」，生氣的具世京自言自語的説：

돌았구나, 추태수.

真是瘋了，秋泰秀。

(唸法) **do-rat-gu-na Chu-Tae-su**

남편이라도 봤으면 어쩔 뻔했어？

若被我老公看到要怎麼負責？

(唸法) **nam-pyeo-ni-ra-do bwa-sseu-myeon eo-jjeol ppeon-hae-sseo**

정리할 때가 됐네.

該整理這段感情了。

(唸法) **jeong-ni-hal ttae-ga dwaen-ne**

주제를 모르고 어디서 헛된 욕심을 부려？

不知分寸，竟敢做虛妄的夢？

唸法 ju-je-reul mo-reu-go eo-di-seo heot-doen yok-si-meul bu-ryeo

「주제를 모르고」中的「를」為助詞，這助詞也可以改成另一個助詞「도」變成「주제도 모르고」，意思相同。「펜트하우스《Penthouse》」裡的俊男朱碩勳（주석훈）廣受女生的歡迎，家境較貧困的裴璐娜（배로나）喜歡上朱碩勳，班上的同學就對裴璐娜說了一句「주제도 모르고」。

119. 그나저나 不説那些

唸法 geu-na-jeo-na

 **你知道嗎？**

「그나저나」是想要轉移話題的時候使用的副詞，中文翻成「不説那些」、「對了」。

韓流都是這樣用

順便學幾個類似的説法，在韓劇中也能常常聽到：「참」、「맞다」、「그런데」都可以在轉移話題或突然想到事情時使用。

120. 술 마셨지? 你喝酒了吧？

唸法 sul ma-syeot-ji

 你知道嗎？

　　對方做出異常的動作、說出不像樣的話時，韓國人會問「술 마셨지？你喝酒了吧？」

韓流都是這樣用

　　在「도깨비《鬼怪》」中，金信（김신）前一天與池恩倬（지은탁）約會太開心，在深秋、一夜之間，各地發生了氣候異常、開花事件，在隔天劉德華（유덕화）拿著各種報紙問金信昨晚是否發生好事，並且說「삼촌, 술 마셨지？舅舅，你喝酒了吧？」接著再看「상속자들《繼承者們》」裡的應用：金潭的生母與帝國集團會長（金潭父親）提分手「헤어져요. 我們分手吧。」，會長驚訝的回「술 마셨어？喝酒了嗎？」

　　我們可以把這兩個單字學起來：「만취 爛醉」、「숙취 宿醉」！

你可能不知道

　　是否有聽過「해장국 醒酒湯」這一道料理呢？醒酒湯字面上的意思為解腸湯，是韓國人喝完酒後隔天會喝的湯。醒酒湯的種類多樣，可能會是豆芽湯、牛血湯，也有可能會是其他的湯。來介紹幾樣較普遍的醒酒湯的韓文名稱：

1. 선지해장국（牛血湯）：加入牛血、豆芽菜、大醬煮的湯。

2. 우거지해장국（菜幫子湯）：使用牛骨、菜幫子熬煮的湯。

3. 뼈다귀해장국（豬骨湯）：使用豬骨熬煮的湯底，再加入排骨的湯。

121. 또라이야 神經病啊

唸法 tto-ra-i-ya

 **你知道嗎?**

「또라이」指瘋子、神經病的意思。尤其是在綜藝節目裡常常出現,在綜藝節目的字幕會寫成「돌아이」,是委婉的寫法。

韓流都是這樣用

在「태양의 후예《太陽的後裔》」中,姜暮煙(강모연)的車子卡在懸崖上,向劉時鎮(유시진)求救,幸好劉時鎮即時趕到現場,故意讓車子墜入海中,再逃出車外,救了姜暮煙一命。喝到海水、受到驚嚇的姜暮煙一醒來,一邊打劉時鎮一邊説:

이 **또라이야**.

你這神經病。

唸法 i tto-ra-i-ya

아무리 그래도 그렇지 , 거기서 차를...

即便如此,怎麼把車子・・・・・(墜入於海)。

唸法 a-mu-ri geu-rae-do geu-reo-chi geo-gi-seo cha-reul

미쳤어 , 돌았어 , 진짜 .

瘋了,瘋了,真是的。

唸法 mi-chyeo-sseo do-ra-sseo jin-jja

最後的「미쳤어」和「돌았어」兩句都是瘋了的意思。

122. 확실해요？ 確定嗎？

唸法 hawk-sil-hae-yo

 你知道嗎？

「확실하다（原形）」指準確，從這裡可以衍生出副詞「확실히」、「확실하게」。「확실하다」除了應用為「**확실해요？你確定嗎？**」外，還有「**明顯**」的意思在。所以，它在廣告中也會看到喔！如果在化妝品或藥物廣告上看到「효과가 확실하다」代表該產品有「明顯的效果」。

韓流都是這樣用

先簡單了解一下「부부의 세계《夫婦的世界》」的劇情：

呂多景（여다경）與池善雨（지선우）的老公偷情，池善雨在劇中扮演家醫科醫師，呂多景明知自己是懷孕，還故意去找池善雨看診。這時候的池善雨已經知道她與自己的老公在搞外遇，只是呂多景不知道這件事情。

以下為兩人在診間的對話：

池善雨：정기적으로 만나는 사람 있어요？

有沒有固定見面的對象？

唸法 jeong-gi-jeo-geu-ro man-na-neun sa-ram i-sseo-yo

아님 여러 명？

還是是很多人？

唸法 a-nim yeo-reo myeong

呂多景：한 명이요.

一個人。

唸法 han myeong-i-yo

매일은 아니고 일주일에 2,3 번 정도.

不是每天，大概一個禮拜兩三次左右。

唸法 mae-i-reun a-ni-go il-ju-i-re du-se-beon jeong-do

유부남이거든요.

因為他已經結婚了。

唸法 yu-bu-na-mi-geo-deun-yo

池善雨：부인도 알아요？

他老婆也知道嗎？

唸法 bu-in-do a-ra-yo

呂多景：그 사람은 아무것도 모르죠.

那個人什麼也不知道。

唸法 geu sa-ra-meun a-mu-geot-do mo-reu-jyo

池善雨：그래요？ **확실해요？**

是嗎？**妳確定嗎？**

唸法 geu-rae-yo hawk-sil-hae-yo

123. 누가 이랬어? 是誰的所為？

唸法 nu-ga i-rae-sseo

 你知道嗎？

「누가 이랬어?」指責對方、訓斥對方時常常使用，當然也有可能只是好奇而詢問。在日常生活中，很多是父母親斥責孩子的時候會說此句。

韓流都是這樣用

在「앨리스《Alice》」的第一集中，朴宣怜（박선령）為了要和兒子喝燒酒來慶祝自己的生日，出門去買燒酒，可是過了一段時間還沒回來、電話又不接，朴宣怜的兒子朴鎮謙（박진겸）出門尋找媽媽。沒有找到媽媽的朴鎮謙回到家後，發現媽媽留著一大片血躺在地板上，朴鎮謙衝過去的第一句「엄마, 어떻게 된 거야? **누가 이랬어?** 媽，這到底怎麼回事？**是誰的所為？**」

 你可能不知道

在「앨리스《Alice》」扮演兒子角色的朴鎮謙在劇中是高中生，那麼，實際在韓國可以飲酒的年齡是幾歲呢？答案是法定 19 歲以上，所謂的 19 歲要用韓國的年齡計算喔（請參考第 4 句的補充）！「就算生日還沒到、只要是滿 19 歲那一年的所有人，都可以飲酒」的意思。所以到了新年 1 月 1 日，就會看到超商裡有不少年輕人買酒的畫面。

124. 다친 데 없어? 有受傷嗎?

唸法 da-chin de eop-seo

 你知道嗎？

「앨리스《Alice》」的男主角朴鎮謙（박진겸）出了意外，同事一看到朴鎮謙的第一句話：「**다친 데 없어？有受傷嗎？**」把這句韓文直翻成中文為「沒有受傷嗎？」如果有學過韓文的人應該知道，韓國人在很多時候習慣用「否定」來說。

韓流都是這樣用

來分享一個有趣的小故事吧！韓國第一代偶像團體「水晶男孩（젝스키스）」的其中一個成員張水院（장수원）曾經拍過幾部短劇變得爆紅，原因是演技實在是爛到不行，這種演技不好的時候韓文稱為「발연기（意指瞥腳演技）」。張水院的經典臺詞就是現在看的這句！當時的劇情是：張水院差點撞到一名女子（拍劇對象為韓國女子團子 Girl's Day 的成員 Yura），立刻下車問「**다친 데 없어요？有受傷嗎？**」但因張水院的音調像機器人一樣、沒感情，所以就成為他演戲的經典臺詞了。

125. 사실이에요 是事實

唸法 sa-si-ri-e-yo

你知道嗎？

是真的、是事實的韓文除了「진짜」、「정말」之外，還有「**사실이에요.**」可以使用。如果句中只有「사실」兩個字，那麼應該要翻成「其實……」。

韓流都是這樣用

「펜트하우스《Penthouse》」中的朱丹泰（주단태）是個冷血、對自家人非常粗暴、追求完美的人物。某一天，聽到他的女兒朱碩景（주석경）在考試時交了空白卷，朱丹泰追究此事：

朱丹泰：오늘 시험에서 빈 답안지를 냈다는데 사실입니까？

聽說在今天的考試交了空白的答案紙，是真的嗎？

唸法 o-neul si-heo-me-seo bin da-ban-ji-reul naet-da-neun-de sa-si-rim-ni-kka

朱碩景：**사실이에요.**

是事實。

唸法 sa-si-ri-e-yo

在上面的對話中，會發現朱丹泰對自己的女兒使用格式體（正式的說話方式）「사실입니까？」這在一般家庭中非常罕見，通常不太可能會用格式體對自己家人說話。

你可能不知道

看了「펜트하우스《Penthouse》」這部韓劇，會連想到「SKY 캐슬《Sky Castle》」。我們從韓國的升學壓力開始説起，韓國社會非常的競爭，普遍的韓國人認為要先進到好的大學才會有好的前途。根據統計局的調查，韓國青少年企圖輕生的主要原因中，升學、成績占了 39.2%，這些韓劇或許是反映了現代韓國社會的黑暗面。

🎧TRACK 126

126. 부부 싸움은 칼로 물 베기
夫妻吵架，如刀割水

(唸法) bu-bu ssa-u-meun kal-lo mul be-gi

 你知道嗎？

「부부 싸움은 칼로 물 베기」這是韓國的俗語，意指「夫妻間吵架，如刀割水。」

韓流都是這樣用

在韓劇或綜藝節目裡常把俗語拿來應用，像這句「부부 싸움은 칼로 물 베기」出現在「도깨비《鬼怪》」中池恩倬(지은탁)與金信(김신)的對話裡，池恩倬説「어떻게 도깨비가 방망이가 없어요？怎麼鬼怪沒有鬼燈棍子？」於是金信看似從水中拿出一把劍，池恩倬看到説「**부부 싸움은 칼로 물 베기**라는 게 이 말이구나. 『**夫妻吵架，如刀割水。**』原來是這個意思啊！」

127. 기분 전환 좀 해 봤어요 轉換個心情

唸法 gi-bun jeon-hwan jom hae bwa-sseo-yo

 你知道嗎？

「기분 전환 좀 해 봤어요」為了轉換心情、解悶做了某件事情的意思，常常在剪完頭髮、做了美甲後使用這句。

韓流都是這樣用

「펜트하우스《Penthouse》」中，學生的家長和千書真 (천서진) 被邀請到最頂級高樓層住宅，家長們看到千書真的打扮與平常不同、特別美麗，於是説了「딴 사람 같아요. 很像不同人一樣 (與平常不同)。」千書真回答「기분 전환 좀 해 봤어요.」

128. 내가 누군지 알아? 你知道我是誰嗎？

唸法 nae-ga nu-gun-ji a-ra

 你知道嗎？

　　並非字面上單純的意思，此句一般是利用自己權勢來欺壓別人的時候會說的句子，也是奧客最常說的話！在網路平台查詢「내가 누군지 알아?」就會看到關於仗勢欺人的新聞。

韓流都是這樣用

　　金順玉（김순옥）是韓國知名作者，「언니는 살아있다《姐姐風采依舊》」、「왔다! 장보리《來了！張寶利》」、「아내의 유혹《妻子的誘惑》」都是她的作品；在《姐姐風采依舊》中，《來了！張寶利》的惡女延敏靜（연민정）客串出演，與梁達熙（양달희）鬧出車禍，雖然梁達熙同樣惡劣，但還是比不過延敏靜，於是延敏靜對梁達熙說「내가 누군지 알아?」來教訓。

129. 콩가루 집안 亂七八糟的家庭

(唸法) kong-ga-ru ji-ban

你知道嗎？

「콩가루」指豆粉，「집안」指家庭；所謂的豆粉家庭是指亂七八糟的家庭。

韓流都是這樣用

在「SKY 캐슬《Sky Castle》」裡，姜藝瑞（강예서）得知自己的眼中釘金慧娜（김혜나）原來是爸爸的私生女兒，就很崩潰的跟媽媽說了「아빠는 멀쩡할 줄 알았는데 완전 **콩가루 집안**이잖아！我以為爸爸是正常人，結果**亂七八糟**！」再舉一部「구미호뎐《九尾狐傳》」，李朗（이랑）介紹自己和同父異母的哥哥李硯（이연）的關係時，說自己的家庭是「콩가루 집안」。

你可能不知道

為什麼這種**亂七八糟**家庭叫豆粉家庭呢？因為豆粉一吹就會飄散而去，比喻了沒秩序、散開的家庭。

130. 얘기할 기분 아니야 沒心情說話

 唸法 yae-gi-hal gi-bun a-ni-ya

你知道嗎？

「얘기할 기분 아니야」表示沒有說話的心情，前面可加「지금 現在」、「너랑 和你」等等。

韓流都是這樣用

心情已經夠差了，對方硬要問而讓我們煩躁時說「얘기할 기분 아니야. 沒心情說話。」這裡使用的句型為「-(으)ㄹ 기분 아니야 沒有~的心情」除了此句外，還可以應用為「네 얘기 들을 기분 아니야. 沒心情聽你說話。」「밥 먹을 기분 아니야. 沒心情吃飯。」

131. 어디서 개수작이야 耍什麼花招

唸法 eo-di-seo gae-su-ja-gi-ya

 你知道嗎？

「개수작」指蠢話、花招的意思。

韓流都是這樣用

　　舉兩部韓劇的情境來說明。在「펜트하우스《Penthouse》」的惡女千書真（천서진）為了讓閔雪娥（민설아）放棄高中入學，單獨在辦公室面談，但沒想到居然被閔雪娥抓到與朱丹泰（주단태）的不倫，閔雪娥拿此事激怒到千書真，並且在千書真面前撕掉了「放棄入學申請書」，這時候，千書真對閔雪娥說**「어디서 개수작이야？耍什麼花招？」**因為千書真不是很確定閔雪娥到底是不是真的知道她與朱丹泰的婚外情，才說了此句。

　　接著看另一部「앨리스《Alice》」：兩個女人為了一個男生明爭暗鬥，尹泰伊（윤태이）幫因受傷洗頭髮不方便的朴鎮謙（박진겸）洗髮，被另一個女生金度妍（김도연）看到吃醋；洗完頭髮後，又換金度妍幫朴鎮謙吹頭髮讓尹泰伊吃醋。這時，幫忙吹頭髮的金度妍對尹泰伊說「개수작 부리지 말고 가세요. 不要給我耍花招，趕快回家啦。」因為單字中的「개」聽起來不是很優雅，所以尹泰伊回**「개수작？나한테 욕했어요？耍花招？你剛罵我嗎？」**。

132. 뭐가 뭐야? 什麼叫什麼?

唸法 mwo-ga mwo-ya

 你知道嗎?

不了解對方提問的問題之目的、意思時,回問的句子「**뭐가 뭐야?**」直翻成中文是「什麼是什麼?」可以翻譯為「什麼意思?」

韓流都是這樣用

在「상속자들《繼承者們》」家境不好的車恩尚 (차은상) 看到了富二代金潭 (김탄) 的豪宅感到驚嚇,於是問金潭「너 뭐야? 你是什麼 (人)?」聽不懂詢問意圖的金潭就回了這句「**뭐가 뭐야? 什麼叫什麼?**」接著車恩尚補一句「하는 일이 뭐냐고요. 我是問你做什麼工作。」

133. 어떡할래？ 你想怎樣？

唸法 eo-tteo-kal-lae

你知道嗎？

此句最完整的說法為「어떻게 할래？」意思為「有何打算」、「想怎麼做」。看情況與語氣可能會有兩種不同用法：第一為「你要怎麼負責？」例如，有人惹了一些麻煩，造成了身邊人的困擾，這時候說的「**어떡할래？**」會是「你要怎麼負責？」第二種情況就真的是詢問「有何打算？」「想怎麼做？」

韓流都是這樣用

透過韓劇的情境說明吧！在「상속자들《繼承者們》」的第二集，男主角金潭（김탄）看到拖著行李箱的車恩尚（차은상），因為車恩尚無處可去，於是問她要不要去他家，車恩尚很想去又擔心不安全，金潭最後問「**어떡할래？**」意指「所以想怎樣？（要去，還是不去？）」以下為完整的對話：

金潭：우리 집 갈래？

　　　要去我家嗎？

　　　唸法 u-ri jip gal-lae

車恩尚：여기보다 네가 더 안전한 거 맞아？

　　　　你真的比這裡（街道）安全嗎？

　　　　唸法 yeo-gi-bo-da ne-ga deo an-jeon-han geo ma-ja

金潭：내가 더 안전한 진 모르겠는데

　　　我是不知道我有沒有比較安全

　　　唸法 nae-ga deo an-jeon-han jin mo-reu-gen-neun-de

여기보다 우리 집이 더 안전한 건 맞아.

但我家比這裡還要安全。

唸法 yeo-gi-bo-da u-ri ji-bi deo an-jeon-han geon ma-ja

어떡할래 ?

所以你想怎樣 ？

唸法 eo-tteo-kal-lae

134. 누구 좋으라고? 為了誰好？

唸法 nu-gu jo-eu-ra-go

 你知道嗎？

在韓劇裡，通常在談關於離婚的對話時會出現「누구 좋으라고？」

韓流都是這樣用

像是「황후의 품격《皇后的品格》」、「부부의 세계《夫婦的世界》」都有使用到這句。我們來詳細地了解使用情境：「황후의 품격《皇后的品格》」中，皇帝李赫（이혁）和秘書室長的不倫現場被皇后吳瑟妮（오써니）抓包，皇帝和秘書室長想要皇后退位，這時皇后說「누구 좋으라고？」這句在《皇后的品格》出現過第二次，太后勸皇后簽離婚書、離開宮中時，皇后一樣回覆了這一句。

135. 말 걸지 마 不要跟我説話

唸法 mal geol-ji ma

你知道嗎？

不管是心情不好、吵架，或者要警告對方不要惹麻煩時，皆可使用「**말 걸지 마**」。「말을 걸다 搭話 (原形)」加上否定「- 지 마 不要」，變成「말 걸지 마 .」。

韓流都是這樣用

在「상속자들《繼承者們》」中，相愛的男女主角因父親的反對而分手，男主角跑去找女主角，這時候女主角眼眶紅了，並且對男主角説「**말 걸지 마 .**」。

你可能不知道

「**말 걸지 마**」可以與第 130 句的「얘기할 기분 아니야 . 沒心情説話。」一起搭配使用。在這裡，再多學一句相似的説法「시비 걸지 마 .」「시비」指爭吵，此句可以翻成「不要挑釁我」。

136. 바람났어 外遇了

唸法 ba-ram-na-sseo

你知道嗎？

「바람나다（原形）」指一個人很興奮、激動的狀態，也可以指劈腿、外遇。

韓流都是這樣用

「한 번 다녀왔습니다《結過一次了》」的宋家人在聊天時，宋佳熙（송가희）很激動的說，宋娜熙（송나희）的丈夫尹奎真（윤규진）外遇了，這時候就說了「바람났어.」我們來學一個有趣的用法「바람둥이」，它是指花心的人，男女皆適用。不管劈腿、外遇或指人花心，都有一個相同的單字「바람」在裡面，「바람」單獨的意思為「風」。

137. 새파랗게 어린 게 年紀輕輕

唸法 sae-pa-ra-ke eo-rin ge

你知道嗎？

這句是長輩責罵晚輩的時候使用的句子，「**새파랗게 어린 게**」中的「**새파랗다**」指年輕，「어리다」指年幼，所以「**새파랗게 어린 게**」想要強調年紀輕輕居然做出、說出不應該的話、行為(例如：頂嘴、瞪長輩‧‧‧‧‧)時使用。後面加其他補充句，或者單獨說「**새파랗게 어린 게**」都沒問題。

韓流都是這樣用

在「고백부부《Go Back 夫婦》」中有一個非常經典的臺詞！千瑟(천설)家境貧困，和朋友交談中說到，不想再看到父母親為了自己這麼辛苦地賺錢，於是放棄學業打工，這些話都被媽媽聽到，千瑟的媽媽就說了「왜 **새파랗게 어린 게** 어른처럼 굴어？**年紀這麼輕**，為什麼要裝作大人的樣子？」這句成為這部劇的經典臺詞，是因為千瑟的媽媽就是代表了世上的父母親都願意為自己的孩子犧牲、為自己的孩子什麼事情都願意去做、不想看到自己孩子吃苦的心。

138. 그게 중요해? 有很重要嗎？

唸法 geu-ge jung-yo-hae

你知道嗎？

　　想要表達「在這情況下，那件事情有很重要嗎？」的時候使用「그게 중요해？」，這時候是有諷刺的意思在。

韓流都是這樣用

　　我們透過韓志旼（한지민）、池晟（지성）主演的「아는 와이프《認識的妻子》」詳細理解吧！女主角在匿名職場員工網上被不明人士無辜毀謗，於是女主角的朋友車珠恩（차주은）非常生氣而敲餐桌，在旁一起聽的車珠恩老公叫她冷靜，而且擔心餐桌會不會因為車珠恩垮下來，聽到這句話後，在氣頭上的車珠恩對老公說「這惡性毀謗文是否與你（老公）有關？」這時候車珠恩的老公說：「我有跟妳說過不要在大家面前叫我『你（너）』。」車珠恩回了此句「그게 중요해？」代表在「談這件事情時，稱謂有很重要嗎？」車珠恩的老公為什麼不喜歡他老婆叫他「你/妳（너）」呢？因為韓文的你/妳和中文裡使用的情境有些差異。

　　首先，韓文的「你/妳（너）」是跟平輩或晚輩才能使用；再來，韓國人重視說話禮儀，在大家面前稱呼自己老公、老婆為「你/妳（너）」看起來比較沒有格式、會覺得很隨便，所以有些人會不喜歡。

什麼是「匿名職場員工網」？

它是很多職場人使用的 app，如果想註冊此 app，必須要經過公司的電子信箱認證後才能使用，為的是確保此用戶確實是某家公司的員工，並不是冒充。透過這軟體不僅可以與同個職場、同行的人交流，而且是匿名，還可以分享在職場上遇到的困難、霸凌、不當的事情。

139. 그거 알아? 你知道嗎？

唸法 geu-geo a-ra

你知道嗎？

　　字面上的意思為「你知道那個嗎？」此句是告訴對方所不知道的事情時開頭的句子，代表我們正在談論的事情中，有你所不知道的事情，韓劇中很常出現。

韓流都是這樣用

　　舉「명불허전《名不虛傳》」這一部來說明吧！劇中韓醫師劉在河（유재하）準備粥送給女主角崔妍京（최연경）說「這碗粥可以『解心熱』」，並且告訴她「當初是因為妳，才有了當韓醫師這一個夢想。」

請看以下的對話：

崔妍京：누가 한의사 아니랄까 봐.

　　　　誰說你不是韓醫師。

　　　　唸法 nu-ga ha-nui-sa a-ni-ral-kka bwa

　　　　다 컸네. 이런 것도 챙길 줄 알고.

　　　　都長大了，還知道準備這些。

　　　　唸法 da keon-ne i-reon geot-do chaeng-gil jul al-go

劉在河：그거 알아?

　　　　你知道嗎？

　　　　唸法 geu-geo a-ra

　　　　나 누나 때문에 한의사 된 거.

　　　　我是因為姊姊妳，才成為韓醫師的。

　　　　唸法 na nu-na ttae-mu-ne ha-nui-sa doen geo

140. 기꺼이 心甘情願

(唸法) gi-kkeo-i

 你知道嗎？

「기꺼이 」可以單獨使用，也可以接其他句子在後面，表示很樂意、願意，心甘情願。

韓流都是這樣用

現在要舉例的韓劇「스타트업《Start-Up》」是講述想要成功的年輕人的故事。在劇中，徐達美（서달미）和南道山（남도산）報名了一場進駐活動，徐達美獲得了 CEO 資格，可以挑選隊員，但這時徐達美在現場發現了原本以為是 CEO 的南道山也在現場！原來南道山是騙她的，但是徐達美不僅沒生氣，還問南道山願不願意讓她當南道山的 CEO，這時在旁的徐達美姊姊也對南道山提出了相同的提議，南道山及他的夥伴討論後，邀請了徐達美擔任 CEO。請看以下對話：

南道山：우리 삼산텍 CEO 가 돼 줄래？

願意當我們三山科技的 CEO 嗎？

(唸法) u-ri sam-san-tek CEO-ga dwae jul-lae

徐達美：기꺼이 .

心甘情願。

(唸法) gi-kkeo-i

141. 말하는 꼬라지 봐라 你看這説話的態度

唸法 mal-ha-neun kko-ra-ji bwa-ra

 你知道嗎？

「꼬라지 樣子、樣貌」是方言，但是在首爾也會使用，所以有很多人不知道這是方言。

韓流都是這樣用

2006 年有一部很紅的韓劇「환상의 커플《幻想情侶》」的流行語就是這「꼬라지」，因為富豪女主角看到任何邋遢的人都會説「꼬라지 하고는. 你看這樣子。」。

韓劇「터널《隧道》」是講述在 1986 年尋找女性連續殺人案犯人的刑警穿越到 2016 年的故事，所以這部劇都是在説與犯罪相關的事情。狂風暴雨的某一天，在休息站發生殺人案件，兩名警官到現場後不許讓任何一個人離開現場，其中一名公務員跟警官説死了一個開貨車的人算什麼，他要趕去參加次官兒子的婚禮，在旁的警官回「뭐라고？ 사람이 죽었는데 **말하는 꼬라지 봐라**. 什麼？有人過世了，**你看這説話的態度。**」

除了像這句的結尾之外，可以套用一開始提到的「꼬라지 하고는.」為結尾，例如，在「황후의 품격《皇后的品格》」的羅王植（나왕식）對自己的生命恩人説話不禮貌，這生命恩人對羅王植説了「말하는 꼬라지 하고는.」意思與「말하는 꼬라지 봐라.」相同。

142. 이보세요 喂

唸法 i-bo-se-yo

你知道嗎？

「**이보세요.**」是稱呼不認識的人時使用，和「저기요.」的意思差不多，但是「저기요.」中文會翻成「不好意思，先生 / 小姐。」「**이보세요.**」中文翻成「喂！」所以在吵架、不開心、無奈時使用。

韓流都是這樣用

在「낭만닥터 김사부《浪漫醫生金師傅》」第十一集講到關於逃兵以及軍中暴力事件，此名逃兵命危，要立即動手術，但是軍方堅持要把逃兵帶回軍營治療，姜東柱 (강동주) 醫師很生氣，叫這名軍方人員時說了「**이보세요.**」

143. 뭐 하시는 거예요？ 你這是在做什麼？

唸法 mwo ha-si-neun geo-ye-yo

 你知道嗎？

「뭐 하시는 거예요？」中文為「你這是在做什麼？」與第 57 句「무슨 짓이야？」是相同的意思，只是「뭐 하시는 거예요？」句中使用了敬語，是客氣的說法。在韓劇裡，被騷擾、被干擾的時候常常使用。

韓流都是這樣用

「산후조리원《產後調理院》」是以月子中心為背景，講述高齡產婦的女主角與月子中心的媽媽們一起成長的故事，因這部劇裡提到了產後會遇到的真實故事，得到了許多收視者的共鳴。在《產後調理院》第一集中，調理院院長突然摸女主角的胸部（這部劇有時候演得較浮誇），被嚇到的女主角說「뭐 하시는 거예요？你這是在做什麼？」

144. 그런 식으로 얘기하지 마 **不要說這種話**

唸法 geu-reon si-geu-ro yae-gi-ha-ji ma

 **你知道嗎？**

「그런 식으로 얘기하지 마」字面上的意思為「不要用這種方式（態度）說話」的意思，但也有可能是指「不要說這種話」。在日常生活中，對方誤會了我或者我身邊的人，說出難聽的話，這時我們可以跟對方說「그런 식으로 얘기하지 마．」

韓流都是這樣用

在「별에서 온 그대《來自星星的你》」中，千頌伊（천송이）沒有經紀人了，所以到處跟別人說都敏俊（도민준）是她的經紀人，都敏俊不想要千頌伊跟別人說自己是經紀人，因為他根本不是經紀人！於是說了此句，請看都敏俊的臺詞：

都敏俊：나 매니저 하겠다고 한 적 없거든？

　　　我沒有說過要當妳的經紀人，好嗎？

　　　唸法 na mae-ni-jeo ha-get-da-go han jeok eop-geo-deun

　　　사람들한테 **그런 식으로 얘기하지 마**．

　　　不要跟別人說這種話。

　　　唸法 sa-ram-deul-han-te geu-reon si-geu-ro yae-gi-ha-ji ma

我們在第 44 句有提到「- 거든」結尾的句子是告訴對方他所不知道的事情上，在都敏俊說的第一句有使用到。

145. 제정신이야? 你是不是瘋了？

唸法 je-jeong-si-ni-ya

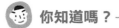 **你知道嗎？**

「제정신이야？」直譯為「你是清醒的嗎？」就是問對方「是不是瘋了？」講到「你是不是瘋了？」很多人會想到「미쳤어？」但除了此句外「제정신이야？」也是很常被使用的。

韓流都是這樣用

「두번째 스무살《第二個二十歲》」是講述在 19 歲當上媽媽後，過了 20 年才開始的大學生活裡所發生的故事；在劇中，女主角河諾拉（하노라）被自己的兒子金民秀（김민수）發現她和兒子讀同一間大學，金民秀打給爸爸金宇哲（김우철）告訴這件事情，金宇哲很生氣的斥責河諾拉説：

하노라! 당신 **제정신이야？**

河諾拉，**你是不是瘋了？**

唸法 Ha-No-ra dang-sin je-jeong-si-ni-ya

엄마 맞아？

妳還能説是媽媽嗎？

唸法 eom-ma ma-ja

민수가 그렇게 싫다는데 기어이 거길 다녀?

民秀那麼不喜歡，還硬要讀那間？

唸法 Min-su-ga geu-reo-ke sil-ta-neun-de gi-eo-i geo-gil da-nyeo

안 다닌다고 약속했잖아.

不是說好不讀嗎？

唸法 an da-nin-da-go yak-so-kaet-ja-na

你可能不知道

　　在以上臺詞中針對幾點來做個解釋。首先，很多人以為「당신」是「您」，但並不是一般中文說的敬稱「您」喔！它在三種情況下使用：第一、相互稱呼對方為「老公」、「老婆」時；第二、用於吵架貶低對方；第三、在文字上，以第三人稱的方式稱呼對方時使用。

　　再來是關於「-잖아」，我們目前看到很多「-잖아」結尾的句子，它和「-거든」剛好是相反，「-잖아」是告訴對方已經知道的事情上（中文可以理解為「你也知道啊，不是嗎？」），在最後一句臺詞中，金宇哲要表達的是對方河諾拉知道的事情，也就是兩人約好不讀大學的事情。

146. 본론만 말해 說重點就好

唸法 bol-lon-man mal-hae

 你知道嗎?

「본론」指本論,此句為話者的內容沒有重點時,請對方不要繞圈圈講一堆屁話、說重點的意思。

韓流都是這樣用

「왔다!장보리《華麗的對決》」中,李東厚(이동호)的第二任妻子李華妍(이화연)故意在老公面前提第一任妻子是怎麼身亡:李東厚和第一任妻子之間有個兒子李在華(이재화),有一天李在華說想要吃雞蛋,吵吵鬧鬧,李在華的媽媽去買雞蛋的路上遇上意外而死亡,所以李華妍故意要挑撥離間才會提到這件事情,但講這件事情前一直賣關子,李東厚才會對她說「**본론만 말해.說重點就好。**」

再學多一點

* **그래서 할 말이 뭐야?**

你到底想說什麼?

唸法 geu-rae-seo hal ma-ri mwo-ya

* **쓸데없는 소리 마.**

別說屁話。

唸法 sseul-de-eom-neun so-ri ma

147. 입이 열 개라도 할 말 없다 有口難辯

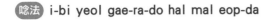

(唸法) i-bi yeol gae-ra-do hal mal eop-da

 你知道嗎？

「입이 열 개라도 할 말 없다」字面上的意思為「就算有十個嘴巴，也沒話說。」表示沒有辯論的餘地、無話可說、有口難辯。這句不僅在韓劇裡出現，平常看新聞時會看到政治人物或藝人等公眾人物要出面道歉時就會說這句了！

韓流都是這樣用

「오로라 공주《歐若拉公主》」中，因黃瑪瑪（황마마）要出家，黃家三姊妹跑來找黃瑪瑪的前女友歐若拉（오로라），請歐若拉把黃瑪瑪帶回家，但是平常黃家姊妹對歐若拉百般欺凌，於是歐若拉請黃家姊妹們想想平常是怎樣傷害她的，這時黃家三妹說了「우리 언니가 입이 열 개라도 할 말 없는 거 아는데 누구나 실수는 하잖아. 我知道我姊姊就算有十張嘴巴也沒有狡辯的餘地，但任何人都有失誤的時候啊！」

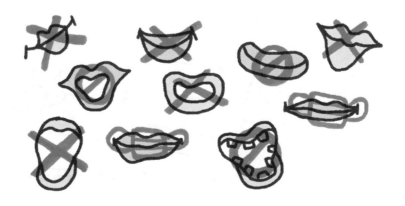

148. 소설 쓰니? 寫小説嗎？

(唸法) so-seol sseu-ni

你知道嗎？

「소설 쓰니?」此句並不是字面上的意思，而是對方亂掰根本沒有的事情或幻想、做白日夢的時候使用，使用疑問句「소설 쓰니?」或命令句「소설 쓰지 마 . 不要寫小説。」都可以。

韓流都是這樣用

在「검법남녀 시즌 2《檢法男女 2》」中法醫官白範 (백범) 的常見臺詞就是這一句！

舉一個在「언니는 살아있다《姐姐風采依舊》」的劇情吧，女主角閔德希 (민들레) 追問李桂華 (이계화) 關於跟蹤狂的事情，雖然有明確的證據，但是李桂華死都不承認自己指使過跟蹤狂謀害閔德希，在兩人的對話中，閔德希問關於她媽媽的死，是否是李桂華教唆跟蹤狂，這時李桂華就説了「소설 쓰니?」

149. 정신이 들어? 恢復意識了嗎?

唸法 jeong-si-ni deu-reo

你知道嗎?

「정신이 들다 (原形)」為清醒、提神之意,在韓劇中看到演員對昏迷後剛醒過來的人說的第一句通常是「**정신이 들어?**」這時候我們可以翻成「恢復意識了嗎?」

韓流都是這樣用

在「황후의 품격《皇后的品格》」中,因閔宥拉 (민유라) 知道太多事情,於是皇帝李赫 (이혁) 命令護衛部長除掉閔宥拉,但被監聽電話的閔宥拉聽到,憤怒的閔宥拉使用苦肉計換取了皇帝的信任,她故意留下一封信和語音,信中寫著「抱歉,無法陪您到最後。」還替皇帝翡翠島肇事逃逸事件自首,擔心她的皇帝立刻命人定位她的手機,聰明的閔宥拉看到皇帝的車子靠近,故意在車上放火吃安眠藥,皇帝趕到現場救出了閔宥拉。當閔宥拉醒過來時,皇帝使用這一句「**정신이 들어?**」來關心閔宥拉。

你可能不知道

在相同的劇裡,還出現過第二次,這次是閔宥拉為溺水的皇帝進行人工呼吸,當她看到皇帝醒過來後說了「정신이 드십니까?」,它是「정신이 들어?」的敬語,並且使用了格式體,格式體這一個文法我們在前面有解釋過,它是用於正式場合,《皇后的品格》這齣戲很常用格式體說話喔!

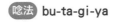

150. 부탁이야 拜託你

唸法 bu-ta-gi-ya

 你知道嗎？

「부탁」為拜託、請求的名詞，看韓劇會聽到各種「부탁」衍生出來的句子(「부탁해.」「부탁할게.」)，**부탁이야.**」就是其中一個，中文為「我求你、拜託你」，如果前面多加「제발 拜託」會給人更迫切的感覺。

韓流都是這樣用

장보리《華麗的對決》」的惡女延敏靜(연민정)在童年時想脫離貧困身份，有一天，在一場美術比賽獲勝，但延敏靜假裝自己是孤兒，想得到有錢家庭的憐憫，於是對自己的親生媽媽說「내 엄마 아닌 척 해 줘. **부탁이야.** 請為我假裝妳不是我的媽媽，**我拜託妳**。」

151. 적반하장도 유분수지 豈有此理

唸法 jeok-ban-ha-jang-do yu-bun-su-ji

 你知道嗎？

「적반하장」指倒打一耙、賊喊捉賊，「유분수」指有分寸；「**적반하장도 유분수지 .**」可以翻成「要賴也要有分寸」、「豈有此理」。

韓流都是這樣用

在「황후의 품격《皇后的品格》」中吳瑟妮（오써니）與皇太后大吵、揭穿皇太后的罪行，但皇太后一口咬定是吳瑟妮陷害了皇太弟，要把她趕出宮外，吳瑟妮霸氣回皇太后說「找到謀害太皇太后、陷害自己的真凶前不會離開」，這時皇太后就說了「**적반하장도 유분수지 .**」。

再來舉一個劇情，在「왔다！장보리《華麗的對決》」中，女主角張寶利（장보리）和她媽媽走在路上被一台經過的車子濺到泥水，於是張寶利請開車的男子道歉，但這名男子反咬一口說為何走路不小心，生氣的張寶利狂踩這名男子腳下的泥水，兩人吵了起來，這時男生對張寶利說「어디서 **적반하장**이야 ? 真是豈有此理。」因為他認為自己沒有錯，而是張寶利故意把他的衣服弄髒，卻在旁討公道這件事情才有錯。

152. 뭔 소리야? 什麼意思?

唸法 mwon so-ri-ya

 你知道嗎? —————

「뭔」是「무슨」的縮寫,「**뭔 소리야?**」是非常口語的表達方式,不懂對方說話的意圖或對方講荒謬的話、屁話時使用。

韓流都是這樣用

在「펜트하우스《Penthouse》」裡閔雪娥 (민설아) 被一群富家子女欺負,後來身亡,但是不知為何欺負閔雪娥的其中一個人說,她收到了來自閔雪娥的訊息,因為這是不可能的事情,於是身邊同學回問「**뭔 소리야?**」

再舉一部在「스타트업《Start-Up》」中的應用吧。

有一天,女主角徐達美 (서달미) 問奶奶:

할머니 , 전에 나한테 물어봤었잖아 .

奶奶您曾經問過我,

唸法 hal-meo-ni jeo-ne na-han-te mu-reo-bwa-sseot-ja-na

15 년 전 도산이랑 지금 도산이 중에

15 年前的道山和現在的道山中,

唸法 si-bo-nyeon jeon do-sa-ni-rang ji-geum do-sa-ni jung-e

누가 더 좋냐고 .

比較喜歡哪一個道山。

唸法 nu-ga deo jon-nya-go

그 둘이 다를 수 있을까?

他們可能會是兩個不同人嗎？

唸法 geu du-ri da-reul su i-sseul-kka

先來簡單說明這齣戲的大概內容吧。小時候，韓志平 (한지평) 利用南道山 (남도산) 的名字寫信給徐達美、於是兩人用書信方式來往、產生了感情，過了一段時間後，徐達美與真正的南道山相遇了，在與真正的南道山相處之下，徐達美感覺到有所不同，於是問達美的奶奶會不會有可能是不同的人。當奶奶聽到這句話後不懂她說這句話的目的，於是問達美「**뭔 소리야**그게？那是**什麼意思？**」

153. 장난이야 開玩笑的

唸法 jang-na-ni-ya

👦 你知道嗎？

「장난」為開玩笑的名詞，聊天、對話的時候必須加語尾「이야 (半語)」、「이에요 (敬語)」，要不然也可以說成「**장난이야**, 장난. 開玩笑啦, 開玩笑。」

韓流都是這樣用

「뷰티 인사이드《內在美》」中，有一名仗著權力騷擾女高中生的變態，這變態問女高中生「아저씨 애인할래? 要當大叔的女朋友嗎？」女高中生露出不舒服的表情，這名變態笑著說了「**장난이야**, 장난.」

在這裡可以多補充具體的事情來說明應用，例如：「운전이 **장난이야**？『開車』對你來說是開玩笑嗎？」「회사가 **장난이야**？『上班』對你來說是開玩笑嗎？」

154. 명심해 你給我記住

(唸法) myeong-sim-hae

你知道嗎？

「명심하다 (原形)」的意思為銘記於心、牢記。在韓劇如果有聽到此句，會發現使用這句話的人大多數是年長者進行勸導或警告某人時出現。

韓流都是這樣用

在「《VIP》」中，一名網紅就算欠債也要買奢侈品拍影片，這時高利貸債權人來討債，警告這名網紅說：

명심해 .

妳給我記住。

(唸法) myeong-sim-hae

네 년이 죽어도 난 저승까지 쫓아가서

就算妳死了，我也要追妳到酒泉路上

ne nyeo-ni ju-geo-do nan jeo-seung-kka-ji jjo-cha-ga-seo

내 돈 받아 낸다 .

會討我的錢回來。

(唸法) nae don ba-da naen-da

高利貸債權人說了「저승까지 쫓아가서 跟去九泉路」這句話，在前面提到過韓國人喜歡用這些詞彙誇張的比喻。

155. 원하는 게 뭐야？ 你到底想要什麼？

唸法 won-ha-neun ge mwo-ya

 你知道嗎？

「원하다（原形）」為希望、盼望的意思。此句中文可以翻成「你想得到什麼？」「你的意圖是什麼？」

韓流都是這樣用

在「펜트하우스《Penthouse》」的劇情中，吳允熙（오윤희）得知冷血的朱丹泰（주단태）要收買土地炒房價，於是比朱丹泰快一步地買下了朱丹泰看中的那一塊土地。當朱丹泰知道這件事情後，綁架、恐嚇吳允熙，聰慧的吳允熙把整個對話都錄下來反擊，生氣的朱丹泰對吳允熙說**「원하는 게 뭐야？你到底想要什麼？」**意指「妳這樣做是為了得到什麼？」

再來看同一部劇中的其他情境：有天，千書真（천서진）騙她的老公河允徹（하윤철）說突然有事要跟爸爸見面，所以放了河允徹鴿子，後來河允徹知道千書真並沒有去跟她的爸爸見面，於是問千書真上次為何要跟岳父見面，千書真反過來問河允徹為什麼會對那件事情好奇，河允徹很生氣的問千書真：「궁금해하는 것도 탈, 무심한 것도 탈, 대체 **원하는 게 뭐야？** 對妳好奇也不行，對妳不關心也不行，**到底想怎樣？」**

除了韓劇外，在韓文歌曲中，也會聽到相關句，例如，在 BTS 的상남자中有一句歌詞為「네가 진짜로 **원하는 게 뭐야** 你真正想要的是什麼」。

156. 무슨 말버릇이야? 怎麼這麼說話？

 唸法 mu-seun mal-beo-reu-si-ya

你知道嗎？

「말버릇」本意為「口頭禪」、「說話的習慣」，但是在韓劇裡聽到「무슨 말버릇이야?」這句要翻譯為「怎麼這麼說話？」「說話怎麼這麼沒有禮貌？」

韓流都是這樣用

在「SKY 캐슬《Sky Castle》」中的姜家姊妹姜藝瑞 (강예서) 和姜藝彬 (강예빈) 平常就喜歡吵鬧，姜藝瑞對自己妹妹姜藝彬說：「너 어디 가서 내 동생이라고 하지 마 . 쪽팔려 . 不要跟別人說你是我妹妹，很丟臉。」姜藝瑞說的最後一句話「쪽팔려 .」是在第 30 句有學過的句子！聽到姊姊的這句話後，妹妹姜藝彬回答「네 동생인 게 더 쪽팔리거든! 當妳妹妹更丟臉！」在一旁聽的媽媽郭美香 (곽미향) 偏愛姜藝瑞，於是對姜藝彬說了這句「언니한테 그게 **무슨 말버릇이야**? 怎麼對姊姊**說話這麼沒禮貌**？」

157. 감이 없어 沒眼光

唸法 ga-mi eop-seo

你知道嗎?

「감」可以當「柿子」,也可以當「感覺」的意思,所以「**감이 없어.**」直譯是「沒有感覺」。

韓流都是這樣用

在「호텔 델루나《德魯納酒店》」裡,張滿月(장만월)問 Sanchez(산체스),具燦星(구찬성)的女朋友長相如何,Sanchez 回答好多次「漂亮」,張滿月嘲笑 Sanchez 說「**감이 없어.**」在這裡所謂的「**감이 없어.**」可以解釋為「沒眼光」。

我們來看看這張滿月與 Sanchez 搞笑的完整對話吧!

張滿月:그 여자 예뻐?

那女的漂亮嗎?

唸法 geu yeo-ja ye-ppeo

예쁘냐고.

我在問你漂不漂亮。

唸法 ye-ppeu-nya-go

Sanchez:예쁘지요, 예뻐. 예뻐. 그죠.

漂亮啊,漂亮。漂亮,對。

唸法 ye-ppeu-jiyo ye-ppeo ye-ppeo geu-jyo

張滿月：산체스, 산체스는 참 **감이 없어**.

Sanchez，Sanchez 真的**沒眼光**。

(唸法) **san-che-seu san-che-seu-neun cham ga-mi eop-seo**

우리 산체스는 아무것도 모르지.

我們 Sanchez 什麼都不懂。

(唸法) **u-ri san-che-seu-neun a-mu-geot-do mo-reu-ji**

바보 같은 산체스.

像個傻瓜的 Sanchez。

(唸法) **ba-bo ga-teun san-che-seu**

158. 얼어 죽을 該死的

唸法 eo-reo ju-geul

👦 你知道嗎？

原形為「얼어 죽다」，有兩種不同用法：第一種為「凍死」；第二種是「不恰當」的意思。通常用「**얼어 죽을**」的句型來應用，中文翻成「該死的」，是韓文慣用語。

韓流都是這樣用

從漫畫改編的韓劇「여신강림《女神降臨》」中，不會看臉色的女主角爸爸對老婆說搬到舊家回想起新婚時期、很浪漫，老婆回了「낭만은 **얼어 죽을**. 浪漫你個頭！」這句可以顛倒過來，說成「**얼어 죽을** 낭만. 該死的浪漫。」

👦 你可能不知道

我們來學一句有趣的流行語「얼죽아」，它是「얼어 죽어도 아이스아메리카노 就算冷死也要冰美式」的縮寫！剛剛有說過「얼어 죽다」是「凍死」的意思，因為韓國人在冷冷的冬天也要喝冰美式咖啡，所以才有了這樣的一句話。

159. 겁대가리 없이 膽大妄為

 唸法 geop-dae-ga-ri eop-si

你知道嗎？

「겁대가리」是害怕、膽怯的意思，很口語的說法。

韓流都是這樣用

「힘쎈여자 도봉순《大力女都奉順》」的都奉順（도봉순）在路上看到被不良高中生欺負的學生，於是叫不良高中生早點回家，這些不知好歹的高中生只看到都奉順嬌小的身材，說「**겁대가리 없이** 남의 문제에 개입하고 있어. 膽大妄為**的介入別人的事情。」

再來舉一部趙寅成（조인성）、金亞中（김아중）等人主演的犯罪電影「더킹《金權性內幕》」來說明吧！金亞中開車經過馬路時因前方發生交通事故、車輛無法經過，叫當事者先把車子移開再繼續吵架，吵架的當事者看到說話的人是女性，於是推開金亞中並擺出一副要打她的架勢，金亞中完全不怕，反而對這名男子說了「여자라고 **겁대가리 없이** 손을 들어？因為對方是女生，膽大妄為**的動手嗎？」

160. 갈 때까지 가 보자　走到哪，算到哪吧

唸法 gal ttae-kka-ji ga bo-ja

你知道嗎？

　　「갈 때까지 가 보자」的中文為「能走多遠，就走多遠吧」、「走到哪，算到哪吧」。

韓流都是這樣用

　　「검색어를 입력하세요 WWW《請輸入檢索詞 WWW》」這部劇裡車賢（차현）喜歡看灑狗血電視劇，裡面講到一名岳母為了幫死去的女兒復仇，全身整形後，變成年輕女子去勾引渣男女婿，有一天，渣男女婿突然死亡，在告別式出現了與渣男女婿長得一模一樣的男子，原來是渣男的雙胞胎弟弟！這兩人又相愛了，這名岳母誠實的對這名雙胞胎弟弟說自己的身份，這雙胞胎弟弟回「당신이 우리 형 장모님이든 외계인이든 상관 안 해. **갈 때까지 가 보자**. 我不管妳是我哥的岳母還是外星人，都無所謂。**走到哪，算到哪吧。**」其實這臺詞是模仿了「커피프린스 1 호점《咖啡王子 1 號店》」的男主角對女主角曾經說過的話，女主角在劇中是女扮男裝，所以男主角以為自己愛上的是男生，於是對女主角說了這樣的話：

　　「네가 남자든 외계인이든 상관 안 해. **가 보자, 갈 때까지**. 我不管你是男生，還是外星人。**走到哪，算到哪吧。**」此句成為《咖啡王子 1 號店》的經典臺詞。

161. 너야말로 你才是

 唸法 neo-ya-mal-lo

你知道嗎？

「너야말로」可以單獨使用，後面也可以多加詳細的內容。例如，在第 159 句裡的高中生說「겁대가리 없이 . 膽大包天。」的時候，女主角都奉順（도봉순）可以回他「**너야말로** 겁대가리 없이 . **你才是**膽大包天吧。」這時候，重複的句子可以省略，只說「너야말로 .」。

韓流都是這樣用

我們來看看韓劇中的臺詞吧，以下為「《繼承者們》」裡金潭（김탄）和崔殷道（최영도）的對話：

金潭：너 아버지한테 말씀드렸어？

你是不是有跟爸爸說？

唸法 neo a-beo-ji-han-te mal-sseum-deu-ryeo-sseo

崔殷道：**너야말로** 일렀냐？

你才是吧。告狀了嗎？

唸法 neo-ya-mal-lo il-leon-nya

崔殷道並沒有說任何事情，所以用「너야말로」反問金潭是否告狀。

162. 보자 보자 하니까 不能再忍下去了

(唸法) bo-ja bo-ja ha-ni-kka

你知道嗎？

「보자 보자 하다(原形)」的意思為「雖然不喜歡，但是一忍再忍」，「보자 보자 하니까」用於無法再繼續忍下去的時候使用，是韓國的慣用語。

韓流都是這樣用

「어쩌다 발견한 하루《偶然發現的一天》」是以高中校園為背景、改編網路漫畫的韓劇；在某一天的美術課，班上同學要以女主角為模特兒畫人像畫，可是沒有人對女主角感興趣，反而對班上其他同學畫的作品更有興趣，生氣的女主角對班上同學大吼一聲說「보자 보자 하니까. **不能再忍下去了。**」

還有其他部韓劇使用在員工集體取消與會長的約，好心的會長忍了這些員工已久，沒辦法繼續忍下去了，所以在最後說了「보자 보자 하니까！」。

163. 눈을 얻다 달고 다니는 거야？

眼睛長在哪裡？

 唸法 nu-neul eot-da dal-go da-ni-neun geo-ya

你知道嗎？

「눈을 얻다 달고 다니는 거야？」字面上的意思為「把眼睛掛在哪裡行動？」是不小心撞到別人的時候，對方會説的句子。

韓流都是這樣用

「여신강림《女神降臨》」中，下雨天，女主角不小心撞到在超商前喝酒的男性，喝醉酒的男性直接説「눈을 얻다 달고 다니는 거야？ 眼睛長在哪裡？」來兇女主角，並且和朋友用言語羞辱女主角的外貌。

在電視劇中講完此句後，後面會多補「你知道這鞋子有多貴嗎？」之類的句子，《女神降臨》也是一樣，男生説完「눈을 얻다 달고 다니는 거야？」後，馬上説了「이 옷 얼마짜린 줄 알아？你知道這件衣服是多少錢嗎？」

164. 세상이 어떻게 돌아가는지
到底發生什麼事情？

(唸法) se-sang-i eo-tteo-ke do-ra-ga-neun-ji

👨 你知道嗎？

　　首先，「세상이 어떻게 돌아가는지」這句話字面上的意思是「世界怎麼旋轉的」。會在兩種情況下使用：第一種情況，過著與世隔絕的生活而不知道周邊發生什麼事情的時候；第二種情況，無法無天的時候，例如，青少年在路上穿著制服抽菸，看到這種場景時，就可以說「세상이 어떻게 돌아가는지 . 到底發生什麼事情？」

韓流都是這樣用

　　「응답하라 1997《請回答 1997》」裡一對夫妻的對話：老公在看新聞，老婆直接轉台，並對老公說「每天都在播的新聞，現在不看會死掉嗎？」老公訓斥老婆說「세상이 어떻게 돌아가는지는 알아야 할 것 아니야 . 總得知道這世界發生什麼事情吧。」

165. 너답지 않게 不像你一樣

唸法 neo-dap-ji an-ke

 你知道嗎？

「- 답다 (原形)」為「像」的意思，接在名詞後的詞尾。此句是某人的行為和以往有所不同的時候使用的句子，「**너답지 않게**」可以翻成「和以往的你有所不同」。

韓流都是這樣用

個性溫柔的女主角突然情緒爆發，這時候男主角就會問「너답지 않게 왜 그래？不像平常的妳一樣，到底怎麼了？」或者直接說「너답지 않게」。舉個詳細的例子，「친애하는 판사님께《致親愛的法官大人》」是講述同卵雙胞胎兄弟過著完全不同的生活的故事，哥哥韓秀浩 (한수호) 是法官、而弟弟韓江浩 (한강호) 是有犯罪前科的人。有一天哥哥失蹤，弟弟就頂替哥哥的位置，當哥哥的替身，不知詳情的韓秀浩朋友在聊天時，覺得自己朋友與平常不同，有些古怪，於是說了這一句「너 갑자기 왜 그래？**너답지 않게**. 你突然怎麼了，**很不像你一樣。**」

166. 다 내 잘못이야 都是我的錯

唸法 da nae jal-mo-si ya

 你知道嗎？

在韓劇裡，自責的時候會說「다 내 잘못이야.」。「잘못」為錯誤的意思，它可以改成動詞「잘못하다 做錯事」，所以我們也會聽到「다 내 잘못이야.」或「잘못했어.」這樣的句子。

韓流都是這樣用

來看看韓劇「날아라 개천용《飛吧開天龍》」的對話吧，大致上的內容是這樣：在劇中，一位刑警抓犯人時，在旁的兒子不小心落水身亡，但刑警忙著抓犯人卻不知道此事，過了一段時間後，與律師（男主角）喝酒談心時自責哭泣。

以下為律師安慰他的內容：

반장님 잘못 아닙니다.

不是刑警您的錯。

唸法 ban-jang-nim jal-mot a-nim-ni-da

"**다 내 잘못이다**. 그때 잘했으면 괜찮겠지."하면서,

我們都會說「**都是我的錯**，當時待他們好的話應該會沒事。」

唸法 da nae jal-mo-si-da geu-ttae jal-hae-sseu-myeon gwaen-chan-ket-ji ha-myeon-seo

울면서 자책을 합니다.

哭著自責。

唸法 ul-myeon-seo ja-chae-geul ham-ni-da

진짜 잘못한 사람들은 아무렇지 않게 사는데 .

但是真正犯錯的人像沒有什麼事情似的生活。

唸法 jin-jja jal-mo-tan sa-ram-deu-reun a-mu-reo-chi an-ke sa-neun-de

　説這句的人想要表達的是，我們會自責、後悔當時沒有對過去的人更好，但是做錯事情的人卻不懂得反省，反而過得比誰都好。

167. 트라우마 있어　有不好的回憶

唸法 teu-ra-u-ma i-sseo

你知道嗎？

　「트라우마」為精神創傷、嚴重外傷的意思，一般看到韓國人使用這句時，可以把它理解為「對‧‧‧‧‧‧有不好的回憶」，例如，「연애 트라우마」代表對戀愛有不好的回憶。

韓流都是這樣用

　在「뷰티 인사이드《內在美》」中韓世界 (한세계) 告訴姜社羅 (강사라) 説柳恩浩 (류은호) 本來對所有人都很親切，聽到「親切」這句話後，姜社羅插話説「그 말 하지 마요 . 모두에게 친절하다는 말에 **트라우마 있어** . 不要説這句話。我對於『對所有人都很親切』的話**有不好的回憶。**」

168. 거기 안 서? 給我站住

唸法 geo-gi an seo

 你知道嗎？

　　對方做錯事情逃跑的時候會說「**거기 안 서? 給我站住。**」此句在韓文是用疑問句的表達方式「你不給我站住嗎？」的。

韓流都是這樣用

　　「언니는 살아있다《姐姐風采依舊》」中，心狠手辣的女人李桂華 (이계화) 做了壞事被發現、逃跑，生氣的閔德希 (민들레) 大吼說「**거기 안 서? 給我站住。**」在這一場面中，有幾句值得學起來：

1. 閔德希生氣抓狂，揪李桂華的時候，身邊的人制止閔德希，而閔德希說了我們在第 32 句學過的「이거 놔. 放開我。」

2. 李桂華狡辯的時候，說了「나 잘못 없어. 我沒有錯。」這句中的「잘못 錯」是在第 166 句學到的內容。

169. 사고 쳤어? 闖禍了嗎?

🙂 你知道嗎?

「사고 치다 (原形)」指「闖禍」。

韓流都是這樣用

　　「한 번 다녀왔습니다《結過一次了》」兄妹的對話中,哥哥宋俊善 (송 준선) 買了好吃的食物給妹妹宋娜熙 (송나희),妹妹一看就知道哥哥又有事 了!哥哥果然是要來借錢,所以妹妹問哥哥「**사고 쳤어?** 闖禍了嗎?」

　　除了這樣的「闖禍」外,還有一個情況也可以使用這句,看到未婚的人 或青少年想吐的時候,旁邊的朋友就會開玩笑地問「**사고 쳤어?**」

　　在一部 EXO(엑소) 成員 Kai(카이) 出演的連續劇中,扮演高中生的 Kai 女友一直覺得噁心想吐,看到這場面的妹妹傳訊息給媽媽說「**사고 쳤어.**」 媽媽很著急的説要去找兒子問到底闖了什麼禍,妹妹就暗示媽媽説不必找哥 哥,去找他女友問就可以了,因為媽媽不知道會是這樣的「闖禍」。

170. 백번 양보해서 讓步百次

唸法 baek-beon yang-bo-hae-seo

你知道嗎？

「讓步百次」這到底什麼意思呢？「양보하다 (原形)」為「讓步、退讓」的意思。我來介紹一句有趣的句子吧！韓國知名保養品牌「스킨푸드 SKINFOOD」有一句非常有名的廣告臺詞，那就是「먹지 마세요. 피부에 양보하세요.」翻成中文為「請您不要吃，讓給皮膚吧。」因為這牌子的所有產品全都是由食材製成的，所以才會說讓給皮膚！

韓流都是這樣用

我們透過「앨리스 《Alice》」來理解其應用吧！男主角朴鎮謙 (박진겸) 看到與過世的媽媽長得一模一樣的人，不知為何，就覺得她可能不是只有長相一樣，有說不出來的一種感覺。朴鎮謙的朋友告訴朴鎮謙「**백번 양보해서** 도플갱어라고 치자. 그래도 너희 어머니 아니야. **讓步百次**，說她是分身好了。但也不是妳的媽媽。」意思是就算不可能是分身，但做個極端的假設也不會是相同的一個人。

再以「SKY 캐슬 《Sky Castle》」為例，當黃宇宙 (황우주) 被人陷害為是殺朋友的兇手，黃宇宙的朋友車書俊 (차서준) 和車基俊 (차기준) 決定要幫黃宇宙寫請願書，爸爸車民赫 (차민혁) 知道這件事情後，阻止自己的兒子幫殺人犯寫請願書，兩個兒子與老婆無奈的看著車民赫，車民赫就對家人說「**백번 양보해서** 아니라 쳐도 걔는 이미 이 경주에서 탈락한 애야. **讓步百次** 說他不是殺人犯好了，但他是在這競賽已經淘汰的人了。」(這裡所謂的競賽指的是考進首爾大學的競賽) 車民赫覺得不值得為已經淘汰的人花費心思。

171. 좋은 꿈 꾸세요 祝好夢

(唸法) jo-eun kkum kku-se-yo

你知道嗎？

「晚安」的韓文有幾種說法，現在要看的是「**좋은 꿈 꾸세요**. 祝好夢。」
「꿈을 꾸다 (原形)」本身就是做夢的意思，在第 36 句學過的句子「꿈도
꾸지 마. 別做夢了。」是從「꿈을 꾸다」這句來的喔！

韓流都是這樣用

我們來看看「김비서가 왜 그럴까 《金秘書為何那樣》」中的對話：

李英俊 (이영준)：어머니와 데이트는 잘했어 ?

　　　　　　　和我媽的約會順利嗎 ?

　　　　　　　(唸法) eo-meo-ni-wa de-i-teu-neun jal-hae-sseo

　　　　　　　예비 시어머니 맞춰 주느라 피곤했을 텐데 푹 쉬어 .

　　　　　　　내일 봐 .

　　　　　　　要看準婆婆的臉色應該很累吧。好好休息，明天再
　　　　　　　見。

　　　　　　　(唸法) ye-bi si-eo-meo-ni mat-chwo ju-neu-ra pi-gon-hae-
　　　　　　　sseul ten-de puk swi-eo nae-il bwa

金微笑 (김미소)：네 . 부회장님도 **좋은 꿈 꾸세요** .

　　　　　　　好的，副會長也是*祝好夢*。

　　　　　　　(唸法) ne bu-hoe-jang-nim-do jo-eun kkum kku-se-yo

172. 친하게 지내요 友好相處吧

 唸法 chin-ha-ge ji-nae-yo

 你知道嗎？

「친하게 지내요」是日常生活中也常使用的句子，在第一次見面的時候就可以說。在韓劇中，雖然關係不好，但表面上需要假裝的時候也會聽到這一句。

韓流都是這樣用

「철인왕후《哲仁王后》」裡的王妃是被一名現代男子的靈魂附身的人物，因此關於王妃的任何事情一無所知，有一天看到一名漂亮的女子，這名女子原來是哲宗的後宮，但現在的王妃對於這些事情根本沒興趣，重點是「漂亮的女生」，於是對這名女子說「**친하게 지내요. 友好相處吧。**」

173. 왜 이제 와? 怎麼現在才來？

唸法 wae i-je wa

 你知道嗎？

「이제」為現在、此刻、如今之意，很多時候可以和「지금」互相替換使用。

韓流都是這樣用

「호텔 델루나《德魯納酒店》」裡，張滿月（장만월）邀請具燦星（구찬성）來德魯納酒店，張滿月看到具燦星的第一句話就是「**왜 이제 와? 怎麼現在才來？**」

除了像張滿月的這種不耐煩或訓斥的語氣外，還可以用不同的語氣說，例如「함부로 애틋하게《任意依戀》」中的魯乙（노을）被關進拘留所，聽到這消息的申俊英（신준영）跑去拘留所，看到申俊英的魯乙開始哭著說「**왜 이제 와?** 내가 얼마나 기다렸는데. **怎麼現在才來？我等你等了很久。**」

174. 대체 나한테 왜 그래？
到底為什麼要這樣對我？

（唸法）dae-che na-han-te wae geu-rae

你知道嗎？

　　首先，回想一下第 54 句的臺詞中有提到「요즘 대체 나한테 왜 그러셔？」，與現在要看的「**대체 나한테 왜 그래？**」只差在句尾上的不同，第 54 句的「왜 그러셔？」為敬語，因為第 54 句是問「『大叔』到底怎麼了」，所以對大叔使用敬語；而現在看的「왜 그래？」是半語，使用對象為平輩或晚輩、熟悉的人。

韓流都是這樣用

　　「호텔 델루나《德魯納酒店》」的具燦星（구찬성）看到張滿月（장만월）有很多台車，認為根本不需要有這麼多的車子，於是叫張滿月只留三台車，把停車場利用為客人的空間，生氣的張滿月説了「**대체 나한테 왜 그래？到底為什麼要這樣對我？**」

　　看劇時也有可能會聽到把「대체 到底」拿掉後直接説「나한테 왜 그래？」例如，在青春劇中，女主角發現好朋友原來就是跟老師告狀的人，哭著對朋友説「나한테 왜 그래？」這一個朋友也對女主角有不滿的地方，所以也對女主角説了相同的一句話「나한테 왜 그래？」。

175. 웃기고 자빠졌네 讓人笑掉大牙

唸法 ut-gi-go ja-ppa-jyeon-ne

 你知道嗎？

「웃기고 자빠졌네」在綜藝節目上較常見，「자빠지다 (原形)」用於嘲諷「자빠지다」前面動詞的動作時使用，「웃기다」為「搞笑、可笑」，因此「웃기고 자빠졌네」可以翻成「讓人笑掉大牙」、「開什麼玩笑」。

韓流都是這樣用

在綜藝節目裡，劉在錫 (유재석) 說某個藝人是上了劉在錫主持的節目而爆紅，在旁聽的池錫辰 (지석진) 就說「웃기고 자빠졌네 .」因為池錫辰認為那個藝人是演技好而紅，並非是因為劉在錫主持的節目。

另外，在「뿌리 깊은 나무《樹大根深》」裡，世宗大王的有一句臺詞是「지랄하고 자빠졌네 .」「지랄하다 (原形)」為胡鬧、發神經、發瘋的意思，所以這一句可以翻成「發什麼神經」。

176. 이게 누구야? 這是誰呀？

唸法 i-ge nu-gu-ya

 你知道嗎？

當然有可能是問對方是誰，但很多時候並不是像字面上好奇而詢問這個人是誰，而是沒想到某個人的出現時使用「**이게 누구야?**」來表示驚訝。

韓流都是這樣用

在韓劇中，渣男前男友在職場上遇到前女友，第一句話就是「**이게 누구야? 這是誰呀？**」再舉一個相似的韓劇情境說明，兩名中年婦女在汗蒸幕看到一名女子躺在地板上大聲地打呼睡覺，仔細一看，是其中一名中年婦女的兒媳，於是說「**이게 누구야?**」代表沒想到這個人會是自己的兒媳，也沒想到她會在上班時間出現在汗蒸幕。

177. 핑계 대지 마 不要找藉口

 唸法 ping-gye dae-ji ma

你知道嗎？

「핑계」為藉口的意思，「**핑계 대지 마.不要找藉口。**」

韓流都是這樣用

這句話是「가을동화 《藍色生死戀》」這部經典電視劇中的經典臺詞，劇中元斌（원빈）的臺詞「내 **핑계 대지 마**.不要找我當藉口。」所以當韓國人要模仿元斌的時候都會說這句臺詞。

另外，在「낭만닥터 김사부《浪漫醫生金師傅》」也有出現這句，一樣成為這齣戲的經典臺詞之一，一名醫師找各種理由為自己辯解，聽完這些後，金師傅對這名醫生說了「이유 대지 말고 **핑계 대지 마**.不要找理由，也**不要找藉口。**」

178. 못 봐주겠네 看不下去了

唸法 mot bwa-ju-gen-ne

 你知道嗎？

不管是一個人的行為還是裝扮，讓人很難接受、看不下去時說「**못 봐주겠네** . 看不下去了。」

韓流都是這樣用

舉「뷰티 인사이드《內在美》」為例，公司的理事抓到本部長的弱點為把柄威脅，本部長看不下去了，所以在眾多人面前說「**못 봐주겠네** .」而且，叫理事不用再上班了。

在這片段還有一句可以學起來：「왜 자꾸 기어오르지 ?」「기어오르다 (原形)」為爬上去的意思，此句中文翻成「為何一直爬到頭頂 ?」也是很多韓國人平常使用的句子。

 你可能不知道

近幾年韓國有很多觀察藝人夫婦的節目，如果節目的主持人看到夫妻過度甜蜜的樣子，就會說「**못 봐주겠네** .」表示太肉麻、看不下去。

179. 민폐다 給人添加麻煩

唸法 min-pye-da

 你知道嗎？

「민폐」是連累到其他人、惹麻煩、給人添加麻煩的時候使用的單字。它可以直接說「**민폐다.**」或者在「민폐」的後面加其他的名詞使用，例如，「민폐 남녀 惹麻煩的男女」、「민폐 운전 開車影響到別人的行為 (像是不打方向燈、鑽來鑽去・・・・・・)」。

韓流都是這樣用

「별에서 온 그대《來自星星的你》」中，巨星千頌伊 (천송이) 被一群記者圍繞感到恐懼，不敢開車門面對，這時候一名記者敲車窗對千頌伊說「이게 무슨 **민폐**야？妳添加我們的麻煩了。」因為記者認為他們在車外等了一個小時，千頌伊還不開車門，所以造成了他們的麻煩。

180. 말로만 只用嘴巴說說

唸法 mal-lo-man

 你知道嗎？

這「말로만」不僅在對話中出現，在歌詞中也會聽到「말로만」。

韓流都是這樣用

韓國知名樂團「Buzz」在 2000 年代非常紅，紅到人人都知道這樂團，這樂團的主唱是近年在綜藝活躍的藝人「민경훈 閔庚勳」。Buzz 的幾首歌裡都有「말로만」這一句，我們來看一首經典歌曲「사랑은 가슴이 시킨다 愛隨心動」的一段歌詞：

말로만 하는 사랑도

只用嘴巴說的愛

唸法 mal-lo-man ha-neun sa-rang-do

이제는 그만 멈추고 싶은 이 맘

現在就想停止的心

唸法 i-je-neun geu-man meom-chu-go si-peun i mam

너의 집 앞에 찾아가서

去妳的家找妳

唸法 neo-ui jip a-pe cha-ja-ga-seo

날 제발 버리라고 거짓말 해도

就算騙妳說拜託拋棄我

唸法 nal je-bal beo-ri-ra-go geo-jin-mal hae-do

사랑은 머리가 아니라 가슴이 한다고 하는 너

妳卻回我說愛並不是使用頭腦，而是用心去愛

 唸法 sa-rang-eun meo-ri-ga a-ni-ra ga-seu-mi han-da-go ha-neun neo

這段歌詞的意思為男生沒有經濟能力，只能説一聲「我愛妳」表達對女生的愛，所以在歌詞的第一句説到「**말로만** 하는 사랑 只用嘴巴説的愛」。此歌出了共三個系列：「사랑은 가슴이 시킨다」、「사랑은 가슴이 시킨다 part.2」、「사랑은 가슴이 시킨다 part.3」，只要是對韓國歌有興趣的人，Buzz 的歌都值得一聽。

181. 골치 아프다 傷腦筋

唸法 gol-chi a-peu-da

 你知道嗎？

「골치 아프다 (原形)」是傷腦筋的意思。

韓流都是這樣用

「호텔 델루나《德魯納酒店》」的內容：酒店的客人 (鬼魂) 跑出去酒店外，但這客人是對人類積怨的鬼魂，死神就對酒店員工説，若這鬼魂在外面鬧事，就要找酒店算帳，於是酒店的員工説「골치 아프게 됐네요 . 事情變得很頭疼。」

另外，這名死神對酒店老闆張滿月 (장만월) 説了「골치 아픈 망자가 있다 . 有個令人頭疼的亡者。」此句也是應用了「골치 아프다」這一單字。

182. 말은 똑바로 해야지 你要說清楚啊

唸法 ma-reun ttok-ba-ro hae-ya-ji

 你知道嗎?

說話內容不正確、有錯誤資訊的時候使用的句子。

韓流都是這樣用

　　舉「부암동 복수자들《付岩洞復仇者們》」來說明吧!李秀謙 (이수겸) 的生母是小三,李秀謙從小就被媽媽丟棄、在外婆家長大,自從外婆過世後和父親與父親的正妻三人一起居住。李秀謙的生母說她並不是丟棄李秀謙,而是請外婆暫時照顧而已,聽到這話的李秀謙說「**말은 똑바로 해야지 .**」因為他認為 18 年這麼長的時間並不是「暫時」。

 你可能不知道

　　不管是在電視節目或在真實生活中,會有幼稚的場面,就是情侶之間會討論當初是誰先喜歡誰、是誰先告白的,如果對方覺得並不是自己先追對方、告白,那麼另一方會說「**말은 똑바로 해야지 .**」。

183. 어이가 없네 無話可說

(唸法) eo-i-ga eom-ne

 你知道嗎？

「어이가 없다 (原形)」指事情非常的意外到讓人無言、沒話説。

韓流都是這樣用

在綜藝、韓劇、電影都很常出現，劉亞仁 (유아인) 主演的電影「베테랑《辣手警探》」的經典臺詞就是「어이가 없네 . 無話可説。」這臺詞在節目上被很多人模仿。那麼，在什麼樣的情況下，劉亞仁才會説這一句呢？劉亞仁看到有一名男子為了拖欠的工資在自己的公司前做一人示威，劉亞仁得知拖欠的工資對他而言是微不足道的小錢，所以感到荒唐無言，於是對示威者説了「어이가 없네 . **無話可説。**」

184. 쫄았어요？ 被嚇到了嗎？

唸法 jjo-ra-sseo-yo

你知道嗎？

「쫄다（原形）」為「겁먹다 恐懼」的慶尚道方言。那麼，會有很多不是慶尚道的人使用嗎？答案是：「是的」！

韓流都是這樣用

在「뷰티 인사이드《內在美》」中，蔡幼莉（채유리）抓到韓世界（한세계）的弱點為把柄威脅時用了這句**「쫄았어요？被嚇到了嗎？」**但是在劇中，蔡幼莉除了這一句外，並沒有使用方言說話喔！

如果想要聽聽看方言的語氣，可以看電影「범죄와의 전쟁《與犯罪的戰爭》」，這部電影是河正宇（하정우）和馬東石（마동석）等人出演的黑幫電影，這電影裡有很多經典臺詞，其中一個是用方言說的第 19 句的應用句「你是哪裡的崔氏？」。

你可能不知道

其實有不少詞彙雖然是方言，但很多人不知道它是方言，例如「웬수 仇人」！不僅在韓劇裡出現，在綜藝節目的字幕裡也常常出現，但是「웬수」是方言，這單字的正確寫法為「원수」。在一個採訪節目裡，有一名藝人說了「원수」卻被在場的其他人笑了，然後糾正她要說「웬수」，但是在字典裡，「원수」才是正確的韓文，只是太多人習慣說成「웬수」，導致不少人沒有意識到它其實就是方言。

185. 어디서 오리발이야? 在哪裡裝傻？

 唸法 eo-di-seo o-ri-ba-ri-ya

 你知道嗎？

　　「오리발」指鴨子的腳，「不認帳、裝傻」的韓文為「오리발을 내밀다 伸出鴨子的腳」它是慣用語。那麼不認帳與伸鴨子的腳有何關係呢？這句慣用語的故事是這樣的，明明吃的是雞肉卻不承認，還伸出鴨子的腳說自己吃的是鴨肉。在應用上可以省略後面的「내밀다」只使用「오리발」變成「어디서 오리발이야？」

韓流都是這樣用

　　在「펜트하우스《Penthouse》」的市議員和女演員的醜聞被新聞報導出來後，市議員以為這件事情是吳贇熙（오윤희）的所為，於是打給吳贇熙，但這件事情真的與她無關，市議員一口咬定就是吳贇熙洩漏消息的，所以對她說了「**어디서 오리발이야？在哪裡裝傻？**」

186. 듣던 중 반가운 소리 真是個好消息

唸法 deut-deon jung ban-ga-un so-ri

 你知道嗎？

　　字面上的意思是「在聽到的話中令人開心的話」，這一句是韓國人聽到開心的事情後會說的話。有一首歌是描述分手後的一方很難過吃不下飯，但又得知對方也是如此懷念自己，所以歌詞說到「듣던 중 반가운 소리」。

韓流都是這樣用

　　用韓劇的劇情舉例：「철인왕후《哲仁王后》」的王妃說話直率讓哲宗不開心，哲宗對王妃說因為今天傷了感情無法同房，並且握給王妃一把傘不要讓她淋雨，但其實哲宗是看到王妃在淋雨，想要找理由送王妃雨傘才會說出這樣的話，總之，聽到這句話後王妃很開心不用與哲宗同房，於是說了「듣던 중 반가운 소리. 真是個好消息。」

　　再舉一個綜藝節目上出現過的情境，「유 퀴즈 온 더 블럭《劉 QUIZ ON THE BLOCK》」中邀請到一名知名廣告導演，其中一個主持人曹世鎬（조세호）得知導演會親自找廣告代言人，這時候字幕上出現了「듣던 중 반가운 소리」因為曹世鎬期待在導演面前有好表現，之後有機會拍一個廣告。

187. 왜 그 모양이야? 怎麼會是這個樣子？

(唸法) wae geu mo-yang-i-ya

 你知道嗎？

此句有諷刺、教訓的意思在。在日常生活中，成績不好被父母親教訓時可能會聽到「성적이 **왜 그 모양이야？** 成績為何是這樣？」或者在學校，制服穿得不整齊被老師責罵時也會聽到「교복이 **왜 그 모양이야？** 制服為何穿這樣？」

韓流都是這樣用

韓劇「철인왕후《哲仁王后》」裡是怎麼應用的呢？男子張奉煥 (장봉환) 的靈魂穿越到朝鮮時代的王妃身體裡，一開始搞不清楚到底是什麼狀況，看到身邊的人穿著韓服就問「옷차림이 **왜 그 모양이야？** 穿著**為何這樣？**」這句「왜 그 모양이야？」在西元 2018 年成為韓國很夯的一句，因為在 2018 年韓國的某一個大企業子女因為一些事情被送去法院、又被爆料出這家庭一直以來又打又罵的都在欺負公司的員工，所以在送去法院的這過程中，一名民眾對她大吼了一句「집구석이 **왜 그 모양이야？** 你們家到底**為什麼是這個樣子？**」

188. 바래다줄게 我送你回去

唸法 ba-rae-da-jul-ge

 你知道嗎？

「바래다주다 (原形)」為送別的動詞，這句使用的文法「-(으) ㄹ게」是表達話者意志時使用，翻成「我來‧‧‧‧‧」，因此「바래다줄게 .」中文就是「我送你 (妳) 回去。」

韓流都是這樣用

韓劇裡，很容易看到男生暗戀女生或者聚餐結束後會跟女生說「바래다줄게 .」在韓國歌裡也會聽到「바래다주다」相關的歌詞，像是「바래다주는 길 送你回家的路上」除此之外，EXO 的成員伯賢 (백현) 唱的一首歌名也叫「바래다줄게」。

189. 입도 뻥긋하지 마 什麼話都不要說

(唸法) ip-do ppeong-geu-ta-ji ma

 你知道嗎？

「입도 뻥긋하지 마」命令對方關於某件事情連提都不要提、什麼話都不要説出來的時候使用。這裡的「뻥긋하다（原形）」指微微張開嘴巴的意思，所以描述魚張開嘴巴的樣子會用「뻥긋뻥긋」來比喻。

韓流都是這樣用

舉兩部知名的韓劇為例，第一部是在「펜트하우스《Penthouse》」中，沈秀蓮（심수련）知道謀殺自己親生女兒閔雪娥（민설아）的犯人是吳贇熙（오윤희），而吳贇熙為了自己的女兒從高樓推閔雪娥導致墜樓身亡，沈秀蓮看到吳贇熙不反省的態度生氣的問她，如果把此事告訴吳贇熙的女兒會怎樣，吳贇熙就説了「우리 로나한테 민설아 얘기 **입도 뻥긋하지 마**. 對我家女兒露娜**不要說任何一句話。**」

再舉一部「비밀의 숲 2《秘密森林 2》」裡的應用，警官逮捕嫌疑犯後，嫌疑犯的律師父親到現場囑咐兒子什麼話都不要説出來，這時候律師的臺詞為「절대 **입도 뻥긋하지 마**. 아빠가 알아서 할 테니 넌 가만히 있으면 돼. 什麼話都絕對不要説出來，爸爸會幫你處理，你安靜地待著就好。」

再學多一點

來學一句相關的慣用語「입만 뻥긋하다 一張開嘴就······」應用時會用「입만 뻥긋하면」的形式，例如：「입만 뻥긋하면 거짓말이야. 只要張開嘴巴就是説謊（表示很愛説謊）。」

190. 어떻게 말을 그렇게 해？
怎麼可以說出這樣的話？

唸法 eo-tteo-ke ma-reul geu-reo-ke hae

你知道嗎？

「어떻게 말을 그렇게 해？」是用客氣、委婉的語氣問對方「怎麼可以說出這樣的話」。

韓流都是這樣用

舉韓劇的一個劇情説明吧！剛結婚的新婚夫妻在飯店裡遇到男方的同事，約好一起喝小酒，但這男生和其中一名女同事離開餐廳，後來被發現兩人居然搞外遇，生氣的老婆什麼話都説不出來，這男方反而兇自己的老婆説「我要跪下來跟妳道歉嗎？還是要離婚？」於是老婆用荒唐的表情回「**어떻게 말을 그렇게 해？怎麼可以說出這樣的話？**」在這情況下可以使用在前面學過的許多句子，尤其是第 151 句「적반하장도 유분수지」也可以派上用場喔！

你可能不知道

回到剛剛的韓劇劇情，這可憐的新娘共有四個兄弟姊妹，聽到這件事情後，她的兄弟姊妹為了替妹妹報仇去找這男子算帳，這時候説到一個單字「양다리」，字面上是雙腿的意思，也就是指劈腿，如果要應用成動詞：「양다리를 걸치다 腳踏兩船」。

191. 꼴값 떤다 少臭美

唸法 kkol-gap tteon-da

 你知道嗎？

「꼴값」指的是不體面的行為，後面可以搭配「떨다」、「하다」讓它變成動詞。

韓流都是這樣用

　　來舉個劇情說明吧！一名下屬因個人業績很好，得意的邀請上司一起跟他喝一杯，但是說話很自大，於是這名上司對他說「**꼴값 떤다.**」意思就是指少臭美。這句不僅在韓劇，更在日常生活、綜藝節目中常見，有一名偶像歌手在綜藝節目突然說出「잘생기면 얼굴값, 못생기면 꼴값」這到底是什麼意思呢？「얼굴값」、「꼴값」這一個單字，除了上述的意思之外還有「對得起、對不起那張臉」的意思在，「얼굴값」和「꼴값」雖然意思相同，但「꼴값」是貶低對方的語氣在，所以這名藝人說的話翻成白話一點：長得帥的人因為知道自己帥，會做出讓女人傷心的事情；但是相同的事情如果是長得醜的人去做，就是不要臉（可翻成「醜人多作怪」）。其實這一句話是韓國人常常說的話喔！

229

192. 네가 홍길동이냐? 你是洪吉童嗎？

(唸法) ne-ga hong-gil-dong-i-nya

你知道嗎？

「홍길동 洪吉童」是朝鮮時期的盜賊，先說明這洪吉童的出生背景吧！洪吉童的母親為妓生、出身低微，而且洪吉童因庶子的身份無法叫自己的父親為父親、兄長為兄長，小說「홍길동전《洪吉童傳》」裡最有名的臺詞就是「아버지를 아버지라 부르지 못하고 형을 형이라 부르지 못하니 無法叫父親為父親、老兄為老兄」，此句反映了朝鮮時期階級制度的社會問題，在小說裡特別強調了洪吉童反對不合理的階級制度。

韓流都是這樣用

在韓劇也會有應用這故事的臺詞，在「《VIP》」裡，馬相宇 (마상우) 在公司隱瞞自己是外交部長的兒子，在百貨公司的活動裡遇到爸媽，他對爸媽說不要在別人面前對他搭話，馬相宇的媽媽覺得很荒謬又好笑，於是對馬相宇說了「네가 홍길동이냐？你是洪吉童嗎？」

再舉一個例子！因為洪吉童是盜賊，所以當韓國人看到老是神出鬼沒、奔波的人，會比喻為「홍길동」，在「철인왕후《哲仁王后》」中的王后跑很快，於是僕人和御醫追王后時說了一句「홍길동도 아니고」意思為「也不是洪吉童，還這樣東奔西跑」。

你可能不知道

　　「홍길동」這一人物是實際上存在的人物，但是與小説中的人物漢字名不同，實際上存在的這人物的漢字名為「洪吉同」，小説《洪吉童傳》的作者許筠（허균）或許是為了區分實際人物與小説中的人物，而使用了不同的漢字（實際人物「洪吉同」，小説人物「洪吉童」）。因為這人物在韓國本身就很有名，不僅是小説，還有漫畫及改編小説的韓劇「쾌도 홍길동《快刀洪吉童》」，當時《快刀洪吉童》這部韓劇的最高收視率破了 16.0%。

193. 어떻게 나한테 이럴 수 있어?
你怎麼可以對我這樣？

 唸法 eo-tteo-ke na-han-te i-reol su i-sseo

你知道嗎？

「어떻게 나한테 이럴 수 있어?」帶有埋怨對方的意思。

韓流都是這樣用

　　以記者的生活為背景的韓劇裡某一個劇情：女記者認為自己的同事搶走了自己想出來的報導主題，於是埋怨同事說「**어떻게 나한테 이럴 수 있어? 你怎麼可以對我這樣？**」這句話不一定是認真、嚴肅的態度，有時候只是開玩笑説説而已，例如，曾經在偶像的直播中有聽到，當時的情況是女偶像團體的成員對粉絲説想關掉直播去睡覺，其實這名女偶像期待的反應是粉絲們捨不得她走，但是沒想到粉絲們居然對她説再見，於是這名偶像耍小脾氣的語氣説「**어떻게 나한테 이럴 수 있어?**」

194. 이게 뭔 개고생이야 我幹嘛這麼辛苦

唸法 i-ge mwon gae-go-saeng-i-ya

 你知道嗎？

「고생」為漢字「苦生」翻來的漢字語，指「吃苦、受苦」，在「고생」的前面多加了「개」表示強調。在做苦工的時候會以埋怨的語氣說；另外，也可以指「原本不用這麼辛苦，但自討苦吃的時候」也會說「이게 뭔 개고생이야.」。

韓流都是這樣用

「펜트하우스《Penthouse》」裡的劇情：有一天，李奎鎮（이규진）撿到閔雪娥（민설아）手機，裡面居然有朱丹泰（주단태）會長和千瑞璃（천서진）的外遇現場影片和閔雪娥喪命的那天，朱丹泰會長打給閔雪娥要求見面的錄音檔，於是李奎鎮拿這支手機威脅朱丹泰，但是朱丹泰並不怕，反而拿李奎鎮的其他事情為把柄反咬一口，最後李奎鎮嚇得乖乖聽朱丹泰的命令，深夜偷偷溜進孩子們的學校翻某位老師的辦公座位，這時候李奎鎮說了「이게 뭔 개고생이야.」意思是他原本可以不用這麼辛苦的，但就是因為威脅了朱丹泰，被他反咬一口，所以這是他自討苦吃的事情。

你可能不知道

講到「개고생」，我們不能不學「집 나가면 개고생이다.」這一句是韓國人常常說的句子！意思是「出了家門，就會受苦。」對想要離家出走的叛逆的青少年、離開家裡獨自生活的人都可以使用。

195. 잘될 거야　一切都會順利的

唸法 jal-doel geo-ya

你知道嗎？

「잘되다（原形）」為順利的意思，「잘될 거야.」用於安慰、鼓勵自己或別人時使用。

韓流都是這樣用

韓國有一首歌（歌名「슈퍼스타 superstar」），它的一段歌詞是韓國國民人人皆知，在廣告、音樂節目被很多人翻唱過，我們一起來學一段吧！

괜찮아, **잘될 거야**.

沒關係，**一切都會順利的**。

唸法 gwaen-cha-na　jal-doel　geo-ya

너에겐 눈부신 미래가 있어.

你有耀眼的未來。

唸法 neo-e-gen　nun-bu-sin　mi-rae-ga i-sseo

괜찮아, **잘될 거야**.

沒關係，**一切都會順利的**。

唸法 gwaen-cha-na　jal-doel　geo-ya

우린 널 믿어 의심치 않아.

我們都很相信你。

唸法 u-rin　neol　mi-deo　ui-sim-chi　a-na

「安慰」、「鼓勵」、「支持」相關用語：

* **난 항상 네 편인 거 알지 ?**

我總是會站在你這邊。

唸法 nan hang-sang ne pyeo-nin geo al-ji

---

* **걱정 마 .**

別擔心。

唸法 geok-jeong ma

---

* **네 마음 알아 .**

我知道你的感受。

唸法 ne ma-eum a-ra

196. 누구 닮아서 到底像誰

（唸法）nu-gu dal-ma-seo

 你知道嗎？

「닮다 (原形)」指「像」，這裡說的「像」不一定限於外貌，個性、口味等都可以說「닮다」。這一句是問一個人到底像爸爸還是媽媽的時候使用「**누구 닮아서** 到底像誰，‧‧‧‧‧‧」，例如：「**누구 닮아서** 이렇게 예뻐？到底長得像誰，這麼漂亮？」「**누구 닮아서** 말을 안 들어？到底個性像誰，這麼不聽話？」

韓流都是這樣用

在某一韓劇裡，媽媽問女兒長得怎麼這麼漂亮，女兒直接回答「엄마 닮아서．像媽媽。」表達了母女間感情良好。某個藝人曾經分享過有趣的故事，內容是當自己小時候個性非常龜毛、冷淡，於是爸媽吵著說到底像誰才會這樣，這時候爸爸說「당신 닮아서！像老婆，妳！(당신指老公或老婆)」結果這名藝人的媽媽哭了。當自己的孩子有缺點的時候，父母親經常會怪彼此說「당신 닮아서 因為像你／妳，才會‧‧‧‧‧‧」。

「펜트하우스《Penthouse》」中有這樣的一個劇情，李奎鎮 (이규진) 的太太是主播出身，所以太太的韓語發音一定是很標準的，但是他們的兒子練習演講稿的時候發音非常不標準，李奎鎮太太就在李奎鎮面前說「**누구 닮아서** 이렇게 발음이 안 좋니？**你到底是像誰，發音才會這麼不好？**」李奎鎮聽到後立刻回「妳這是講給我聽的嗎？」

197. 몰라서 물어요? 你是真的不知道才會問我嗎?

唸法 mol-la-seo mu-reo-yo

 你知道嗎?

「몰라서 물어요?」字面上的意思是「因為不知道,所以問嗎?」就是指「真的不知道(才會問我)嗎?」

韓流都是這樣用

以下是在韓劇的應用情境:有一名醫師私底下做了不像樣的事情,同事知道後問他「如果女朋友知道這件事,會怎樣想?」這名醫師反過來問她「女朋友會怎樣想?」這時候同事就說了「**몰라서 물어요?**」內涵的意思是「你是真的不知道,還是假裝不知道?」尤其是在男女朋友吵架後,女朋友耍脾氣、不開心的時候,男朋友會問到底為什麼要生氣,這時候女朋友都會回答「**몰라서 물어?**」

另外,這一句是「SKY 캐슬《Sky Castle》」的一個角色金慧娜(김혜나)選的經典臺詞:郭美香(곽미향)得知金慧娜是老公的私生女,於是問金慧娜「來到我們家的目的是什麼?」金慧娜回了「**몰라서 물어요?**」因為她認為目的很明顯,沒必要問。雖然這劇情的畫面是郭美香想像中的畫面,但是扮演金慧娜角色的藝人覺得這一句對她來說,是在整部劇裡印象最深刻的臺詞。

198. 하긴 沒錯啦

(唸法) ha-gin

😎 你知道嗎？

「하긴」可以翻成「是沒錯啦」、「說實在的」，是對某件事情認同、做肯定的表達時使用。

韓流都是這樣用

「펜트하우스《Penthouse》」的兩個主角千瑞璡（천서진）和吳贇熙（오윤희）是死敵，千瑞璡的老公和吳贇熙是初戀，而千瑞璡不顧女兒的心，卻告訴女兒說爸爸對吳贇熙留念、心動了，千瑞璡本人對於這件事情也根本沒有感覺，於是吳贇熙說了「**하긴**，넌 불륜남도 있구나. **沒錯啦**，妳有外遇的對象。」意思是「沒感覺也並不意外，因為妳有外遇的對象。」

😀 你可能不知道

在日常生活中，如果要認同別人說的話，或是想給對方肯定的時候，直接說「하긴」就可以了。

199. 말을 말자 算了，我別說吧

 唸法 ma-reul mal-ja

😊 **你知道嗎？**

「말을 말자」的意思是「就算講了，也不會聽進去，那就別說了吧。」

韓流都是這樣用

「어쩌다 발견한 하루《偶然發現的一天》」的女主角殷端午 (은단오) 患有心臟病時常去醫院就診，壞男人白經 (백경) 從爸爸那邊得知殷端午在前一日又去醫院的消息，白經認為她是利用父母親想要引起白經的注意及關心的，所以對她說「기어코 내 관심이 받고 싶냐？非要得到我的關心嗎？」接著露出厭惡的表情說「말을 말자. 算了，我別說吧。」然後離開了現場。這一句可以使用於在第 200 句提到的劇情內容裡，在上一句說到成詩媛熱愛偶像，把所有時間都花在偶像的身上、旁人怎麼說也不會聽進去，這時候青梅竹馬尹允宰可以對她說「말을 말자.」意思就是說了也浪費我的時間、口水。

200. 언제 철들래? 什麼時候才要懂事啊?

唸法 eon-je cheol-deul-lae

 你知道嗎?

「철들다 (原形)」指「懂事」。這一句「언제 철들래?」是對不懂事的人感到無奈的時候會説的話,父母親或老師常常對孩子們説。

韓流都是這樣用

「응답하라 1997《請回答 1997》」的女主角成詩媛 (성시원) 是熱愛偶像歌手的迷妹,只知道追星,她綽號叫安勝夫人,安勝是她在劇中喜歡的團體 H.O.T. 的成員 Tony 的名字。成詩媛想要與她的偶像讀同一間學校,但成績沒有到,因此很沮喪,在旁的青梅竹馬尹允宰 (윤윤제) 説反正讀同一間學校也沒辦法看到他,他們只是在大學掛名而已,成詩媛否認説「我們哥哥不是這樣的人」尹允宰很納悶的問她「如果 Tony 跟妳求婚,妳會跟他結婚嗎?」成詩媛回答「不,沒有要跟他結婚。因為他要遇到比我更好的女人。」聽到這句的尹允宰説了「**언제 철들래? 什麼時候才要懂事啊?**」

你可能不知道

　　如果有看《請回答 1997》的人，應該知道偶像團體 H.O.T. 的粉絲會拿著白色的氣球、穿白色的雨衣；而水晶男孩的粉絲拿的是黃色的氣球、穿著黃色的雨衣為自己的偶像加油。當時的韓國偶像歌手都會用顏色來代表個人或團體，1990 年代最有名的偶像團體 H.O.T. 是白色、水晶男孩是黃色、FIN.K.L 是紅色、S.E.S. 是薰衣草色、god 是天藍色、神話是橘色。雖然近代是流行拿應援棒，但是在當時是穿著代表自己偶像的顏色的雨衣、氣球來為自己的偶像應援的，因此很多年輕的粉絲們說無法理解這部劇中的粉絲為何要穿著雨衣。由此可見，應援的文化也會隨著世代有所不同。

Part 2
韓流，不能不知道的句子、
　　　　　　流行語！

因各家手機系統不同，若無法直接掃描，仍可以（https://tinyurl.com/y6cktvrt）電腦連結雲端下載收聽。

01. 실화냐？ 是真的嗎？

唸法 sil-hwa-nya

 你知道嗎？

　　실화為「實事」、「真實故事」之意。在綜藝節目裡，不敢相信某件事情的時候會說「이거 실화냐？這是真的嗎？」舉例來說，一個人的聲音太好聽了，好聽到不像真人的聲音，這時候可以把主詞改成「聲音」變成說「이 목소리 실화냐？」或者一個人長太帥的時候可以說「이 얼굴 실화냐？」（얼굴指臉蛋。）

02. 인정 認同

唸法 in-jeong

你知道嗎？

　　肯定、認同、承認的意思，對於表達食物好吃、風景美麗、歌好聽，都可以使用「인정」。它也可以用疑問句的方式詢問「인정？認同嗎？」有些人比較懶惰，只寫兩個字的子音「ㅇㅈ」、「ㅇㅈ？」有時候用訊息聯絡時，可能會看到韓國人打兩個圈圈「ㅇㅇ」，它到底是什麼呢？這圈圈是韓文的子音，代表「嗯嗯（韓文：응）」的意思，有些人會只打一個「ㅇ」，通常嫌麻煩、想要趕快回覆的時候會這樣使用。

03. 낚였다 被騙了

唸法 na-kkyeot-da

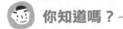 你知道嗎？

　　這是被動詞（原形「낚이다」），表示上鉤、被騙。通常在綜藝節目的惡作劇常看到，例如藝人被偷拍整蠱，這時候被搞惡作劇的人可以說「낚였다.」，意指我被騙、上當了。

04. 드립 梗

唸法 deu-rip

😊 **你知道嗎？**

애드리브 (即興臺詞) 的省略、流行語。會搭配「치다」的動詞後變成「드립치다」，可以把它理解為「開玩笑」。

在韓綜「아는형님《認識的哥哥》」的某一集，女偶像成員出題目「20歲 (虛歲 / 在韓國 20 歲開始為成人) 後想要做的第一件事情是？」希澈開玩笑的回答「買三包菸。」這時字幕上寫著「담배 (菸) 드립」。

05. 핵노잼 超級無聊

唸法 haeng-no-jaem

😊 **你知道嗎？**

先來分析「노잼」這兩個字，「노」是英文的「No」；「잼」是「재미趣味」的縮寫，表示無趣、無聊。「핵」其實是核的意思，但在這裡也可以說是個新造語，後面可以連接各種不同名詞，表示「非常」，所以「핵노잼」就是指某件事情或某個人的故事分享非常無聊。

我們來應用一下「핵」：「핵존맛」這也是網路用語、新造語，表示「非常好吃」。

06. 아무 말 대잔치 胡言亂語大盛宴

唸法 a-mu mal dae-jan-chi

😊 **你知道嗎？**

不經過大腦胡言亂語、亂説話的時候會説這是「아무 말 대잔치 胡言亂語大盛宴」。像是在「《爸爸！我們去哪裡？》」裡，肚子餓的小朋友説「我不知道炸雞是用雞料理而成的。」這時候字幕就出現了「아무 말 대잔치」。

07.  非常生氣

唸法 geuk-dae-no

👨 **你知道嗎？**

「극대노」就是漢字的「極大怒」翻過來的流行語，要表達一個人大怒、生氣時，字幕上會寫「극대노」。再來多學幾個感情相關的詞彙吧！「버럭」也是在生氣的時候使用，突然大喊的意思；「피식」是狀聲詞、形容笑聲「噗哧」；最後一個「울먹」，完整的單字為「울먹거리다 想哭」，可以把它理解為「嗚嗚」。

08. 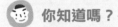 最愛

唸法 choe-ae

👨 **你知道嗎？**

「최애」是後來才流行的單字，是漢字「最愛」翻來的漢字語，後面可以搭配其他名詞，例如：「최애 음식 最愛的食物」、「최애 멤버 最愛的成員」、「최애 카페 最愛的咖啡廳」。如果要問對方最喜歡的偶像是誰，也是應用「최애」改成「최애가 누구예요？你的最愛是誰？」

09. 덕질 追星

唸法 deok-jil

👨 **你知道嗎？**

其實「덕질」不一定指追星，只要是瘋狂喜歡某個領域、物品、人物，而蒐集或深入追究的行為叫「덕질」。這種類型的人，稱為「덕후」；「덕후」以前指宅女，但到了現代大家都把它當迷妹來應用。我們還可以再多學一個類似的單字「입덕」，就是入坑的意思，例如，愛上一個團體，我們就可以使用「입덕하다」的動詞。

10. 팩트 事實

唸法 paek-teu

 你知道嗎？

　　是英文 fact 翻來的外來語，要表達某件事情是「事實」的時候，在綜藝節目上會用「**팩트**」兩個字。在這裡，還有個衍生的流行語「**팩폭**」（**팩트폭력**的縮寫），是指「事實暴力」，當一個人針對錯誤的事情、訊息上提出大家都能認同、無法否認的客觀事實時會說這就是「**팩폭**」。

11. 저세상 —— 陰間 ——

唸法 jeo-se-sang

 你知道嗎？

　　「**저세상**」為陰間之意，在網路、綜藝節目上指「不平凡」的意思；後面會連接其他的名詞，較常用的名詞為：「**저세상** 취향 陰間愛好」所謂的 **저세상** 취향指愛好與眾不同，韓國有個常見的冰淇淋口味是薄荷巧克力口味（韓文簡稱민초），但問題是這薄荷巧克力口味並不是人人都能接受，因為很多韓國人說它有牙膏的味道，所以韓劇「**구미호뎐**《九尾狐傳》」中的李棟旭（이동욱）在劇中愛吃薄荷巧克力口味的冰淇淋，被別人說是「**저세상** 취향」「**저세상** 입맛（口味）」。在綜藝節目的字幕上可能會看到「**저세상** 텐션 陰間興致」，意指非常有活力。

12. 금수저 富二代

唸法 geum-su-jeo

你知道嗎?

「금수저」這一單字應該不陌生,字面上的意思為金湯匙,也就是指富二、富三代;「금수저」的相反為「흙수저」,흙為土的意思,意指窮二代。尤其是採訪藝人的時候,若該藝人如果很有錢,那麼主持人會問是不是「금수저」或「금수저라는 소문이 있던데 有『金湯匙』這一個謠言」。最近有比「금수저」還要更高階的「다이아몬드수저」,是鑽石湯匙的意思。

13. 찐 ___ 真實的 ___

唸法 jjin

你知道嗎?

「찐」是真正、真實、真切的流行語(原本的單字為진짜),後面接任何名詞都可以。較常見的單字為:「찐사랑 真愛」、「찐친 真實朋友」、「찐남매 真實兄妹」;在這裡所謂的真實兄妹是指愛吵架、打架的兄妹,因為現實中的的兄妹(或姊弟)會打來打去、不讓彼此,並不是像韓劇中關係那麼美好,除了「찐남매」外,也會稱之為「현실 남매 現實兄妹」。

14. 돌직구 直說

唸法 dol-jik-gu

你知道嗎?

「돌」指石頭,「직구」指棒球的直球,「돌직구」是這兩個單字加起來變成的流行語,某句話如果像是用石頭丟的球一般給對方重重的打擊時使用,中文會翻成直說、坦白地說。對方說話太直接的時候,我們會在字幕上看到「돌직구」,例如,在料理節目上嘉賓說廚師煮的東西不好吃,這時候就出現了「돌직구」字幕。

15. 격공 深有同感

唸法 gyeok-gong

 你知道嗎？

「격한 공감 強烈的共鳴」的縮寫，某種說法引起強烈的同感時就會看到這個字幕。例如，減肥的人都在使用相同的方法（像是穿有按摩效果的拖鞋等）瘦身時，聽到對方的方法後，字幕上會出現「격공」；劉在錫（유재석）、曹世鎬（조세호）共同主持的綜藝節目「유 퀴즈 온 더 블럭《劉QUIZ ON THE BLOCK》」是探訪路人、與他們交談的節目。在這節目的某一集提到關於最近流行的「혼술 一個人喝酒」，劉在錫問一個人喝酒時到底要喝到什麼時候停止，這名被採訪的路人說「老婆皺眉頭的時候」，在旁聽的劉在錫大笑拍手，這時候的字幕就出現了「유부남 격한 공감 已婚男深有同感」；再舉一個在同一個節目出現過的不同情境，在某一集採訪了遊戲「배틀그라운드《絕地求生》」製作人，這製作人生活樸素、沒有嚴肅的感覺，所以不少周邊人對他說「看不出是大公司的老闆」，劉在錫對於這句話很認同，字幕就出現了「격공」兩個字。

16. 동공 지진 瞳孔地震

唸法 dong-gong ji-jin

你知道嗎？

指瞳孔像發生地震般的搖動，當我們對於某個人事物感到恐懼或心情很慌張的時候使用。例如，藝人被採訪時，當主持人問「理想型是誰？」的時候，不知道該回答誰、有偷偷交往的對象，引發瞳孔搖晃時，就說這是「동공 지진」，如果在網路上搜尋「동공 지진」會找到各種有趣的情況。

17. 끝판왕 終結王

 你知道嗎？

　　「**끝판왕**」為終極版、終結者、終結王之意。舉例來說，如果在美食節目看到「食物名 **끝판왕**」代表介紹的食物為那個食物中的終極版；在綜藝「아는형님《認識的哥哥》」中的某一集嘉賓為韓國超紅偶像團體，其中一名成員跳舞很棒，於是字幕裡出現「매력 **끝판왕** 魅力終結版」，代表沒有人比這名嘉賓還要有魅力的意思。

18. 죽을 맛 痛苦

唸法 ju-geul mat

 你知道嗎？

　　它是韓文的慣用語，字面上的意思為「快要死掉的滋味」，表示痛苦到不想活下去、很艱難。

　　「나 혼자 산다《我獨自生活》」是紀錄名人獨自生活的點點滴滴的節目，EXO(엑소)的成員 Kai(카이)在節目上爬山，一直說「힘들어.好累」，半路上看到休息區坐下來表現出很痛苦的樣子，字幕也跟著出現了「**죽을 맛**」。另外，如果要用口頭的方式，可以說「**죽을 맛**이야.」

19. 취저 取向狙擊

唸法 chwi-jeo

😄 **你知道嗎？**

「취향 저격 取向狙擊」的縮寫，當某個人事物，剛好符合你的風格的時候使用。舉例來說，吃到好吃的漢堡時說「**취저** 햄버거」；喜歡對方說話的方式、語氣時「**취저** 말투」，或是單獨使用「**취저**」也無所謂。

20. 국룰 國民規則

唸法 gung-nul

😄 **你知道嗎？**

「**국룰**」是「국민룰 國民 rule」的縮寫，用於做某件事情被大家認為是個規則、大家都在做的事情上。例如，吃煎餅時基本上會配米酒（這裡說的米酒是韓國的米酒막걸리）來吃，很少人會搭配其他的酒，這時候可以說「파전에 막걸리는 **국룰** 吃煎餅配米酒是國民規則」；或者是「치킨에 맥주는 **국룰** 吃炸雞配啤酒是國民規則」。如果「煎餅不配米酒」、「炸雞不配啤酒」，而是配不是很大眾的東西，那麼，就可以使用在第 11 句學過的「저세상 입맛 陰間口味」。

21. 폭탄선언 炸彈宣言

 pok-tan-seo-neon

你知道嗎？

「**폭탄선언**」為「一個突然轉換局勢、狀態的決定性宣言」之意，一般在某人突然說出讓人震驚的話時使用。例如，綜藝節目「**런닝맨**《Running Man》」的成員李光洙（**이광수**）每次看到美麗的女嘉賓就會故意演愛情戲，在某一集中有個女藝人說她的理想型就是李光洙，開心的李光洙在鏡頭前開玩笑的說要與這名女藝人交往，並說下週要宣布結婚，這個影片被上傳至網路上後，影片的主旨就是寫著「**폭탄선언** 炸彈宣言」。

22. 현타 現實自覺時間

 hyeon-ta

你知道嗎？

是「**현실 자각 타임** 現實自覺時間」的縮寫，意指回歸現實時間，也就是突然醒悟到殘酷的現實時使用。如果想要在對話中應用這句，可以在後面多加「**온다**（來）」後，讓句子變成「**현타 온다**. 面臨了現實自覺時間。」來繼續說在第 15 句提到的遊戲「**배틀그라운드**《絕地求生》」製作人的採訪內容吧！製作人提到開發這遊戲後，過了三年獲得的收益為投資額的 700 倍，在旁的其中一個主持人曹世鎬（**조세호**）說「**축하드립니다**. 恭喜。」的同時低頭苦笑，這時的字幕就出現了「**급현타** 突然認清事實」這裡的「**급**」是漢字「急」，是突然的意思。

23. 말잇못 説不下去

唸法 ma-rin-mot

 你知道嗎？

「말을 잇지 못하다 無法接著説話」的縮語，會在綜藝節目的字幕上出現。當一個人不管是什麼原因不知該説什麼，不管是感嘆或慌張的情況下皆可使用。來舉韓國的綜藝節目「한끼줍쇼《請給一頓飯》」為例吧，《請給一頓飯》是由兩個主持人加上每週不同的嘉賓到韓國一般民眾的家外討飯吃的節目。有一集是李敬揆（이경규）和宥斌（유빈）組成一隊，在樓下按電鈴後，家主幫兩人開大樓的門，兩人以為討飯成功了，但上樓後到了家門口居然被拒絕，受驚的兩人不知該説什麼話，於是字幕上出現了「**말잇못**」三個字。

24. 먹튀 吃完偷跑

唸法 meok-twi

你知道嗎？

「먹고 튀다（原形）」的縮寫，「먹고 튀다」可以翻成「吃霸王餐」，不過「**먹튀**」本意指收到了一筆錢，卻沒有付出責任、本分直接跑走的意思。這單字原本在收到「金錢」上的利益時使用，但是到了現代，不完全使用於這種情況，例如，有個韓國藝人邀請和自己交好的偶像團體來婚禮唱祝歌，這團體唱完祝歌後卻沒收到半毛錢，於是在綜藝節目上開玩笑説這名結婚的藝人「**먹튀**」了，代表收到了利益卻沒有付給唱祝歌的歌手半毛錢。

25. 의태어 / 의성어 擬態語、擬聲語

唸法 ui-tae-eo / ui-seong-eo

你知道嗎？

我們來看看在綜藝字幕上常見的擬態語、擬聲語：

1) 절레절레

唸法 jeol-le-jeol-le

表示搖頭的樣子。「절레절레」不一定是在反對、否認的時候出現，還可以在表達對方「沒救」時搖搖頭使用。相反辭彙為「끄덕끄덕」，表示點頭的樣子。

2) 글썽글썽

唸法 geul-sseong-geul-sseong

指「淚水汪汪」。「글썽글썽」後面加「하다」後 (글썽글썽하다)，還可以當動詞與形容詞使用。

3) 발끈

唸法 bal-kkeun

勃然大怒、發大火的意思。在綜藝節目裡，否認某件事情或心虛而反應很大的時候，字幕上也會出現「발끈」。

4) 안절부절

唸法 an-jeol-bu-jeol

指坐立不安。在某個節目裡，主持人到訪了一名藝人的家，這名藝人的妹妹長得很美，於是主持人不停地找話題聊天，這藝人覺得主持人是對他的妹妹有興趣，所以故意不讓妹妹在客廳，但主持人堅持要採訪妹妹，此時在藝人的畫面裡出現了「안절부절」這一字幕。

5) 우왕좌왕

唸法 u-wang-jwa-wang

指驚慌失措。在狀況外、不知所措的時候會用「우왕좌왕」。「우왕좌왕」還會翻成「東奔西跑」，在偶像歌手參與演出的綜藝裡比較常見「우왕좌왕 東奔西跑」這一詞，因為當這些偶像團體要跟著隨機播放的音樂跳舞，忘記舞蹈動作導致東奔西跑找自己隊伍的情況發生，這時就會出現「우왕좌왕」的字幕。

6) 쩝쩝

唸法 jjeop-jjeop

指吃東西時發出聲音的樣子，但是「쩝쩝」還有另一個用法，對於某件事情不滿意的時候也可以使用。除了「쩝쩝」之外，再來學一個與吃有關的狀聲詞「냠냠」，「냠냠」用於吃好吃的食物時使用，表示食物香甜。

7) 어리버리

唸法 eo-ri-beo-ri

正確的寫法為「어리바리」，但是一般韓國人，包括在節目裡幾乎都寫成「어리버리」，表示「糊里糊塗」。

語研力 **K002**

跟著阿卡老師瘋韓流
追韓劇、看韓綜，輕鬆學韓語

一邊瘋韓流，一邊讓眾韓星陪你累積韓語實力！

作　　者	郭修蓉
顧　　問	曾文旭
編輯統籌	陳逸祺
編輯總監	耿文國
主　　編	陳蕙芳
執行編輯	翁芯俐
內文排版	李依靜
美術編輯	李依靜
法律顧問	北辰著作權事務所

印　　製	世和印製企業有限公司
初　　版	2021 年 04 月
初版二刷	2022 年 05 月
出　　版	凱信企業集團 - 凱信企業管理顧問有限公司
電　　話	（02）2773-6566
傳　　真	（02）2778-1033
地　　址	106 台北市大安區忠孝東路四段 218 之 4 號 12 樓
信　　箱	kaihsinbooks@gmail.com

定　　價	新台幣 349 元 / 港幣 116 元
產品內容	1 書

總 經 銷	采舍國際有限公司
地　　址	235 新北市中和區中山路二段 366 巷 10 號 3 樓
電　　話	（02）8245-8786
傳　　真	（02）8245-8718

國家圖書館出版品預行編目資料

跟著阿卡老師瘋韓流：追韓劇、看韓綜，輕鬆學韓
語／郭修蓉著. – 初版. – 臺北市 : 凱信企業集團凱
信企業管理顧問有限公司, 2021.04
　　面；　公分
ISBN 978-986-99669-6-2(平裝)

1.韓語 2.會話

803.288　　　　　　　　　　　　　110002308